元彼の遺言状

新川帆立

宝島社
文庫

宝島社

元彼の遺言状

Will of
ex-boyfriend

［目次］

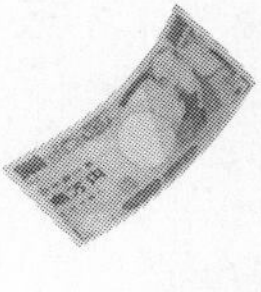

森川家

次男　銀治

長男　金治（社長）＝恵子

長女　真梨子＝定之（専務）

弟　栄治（元彼）
兄　富治

妹　紗英
兄　拓未＝雪乃

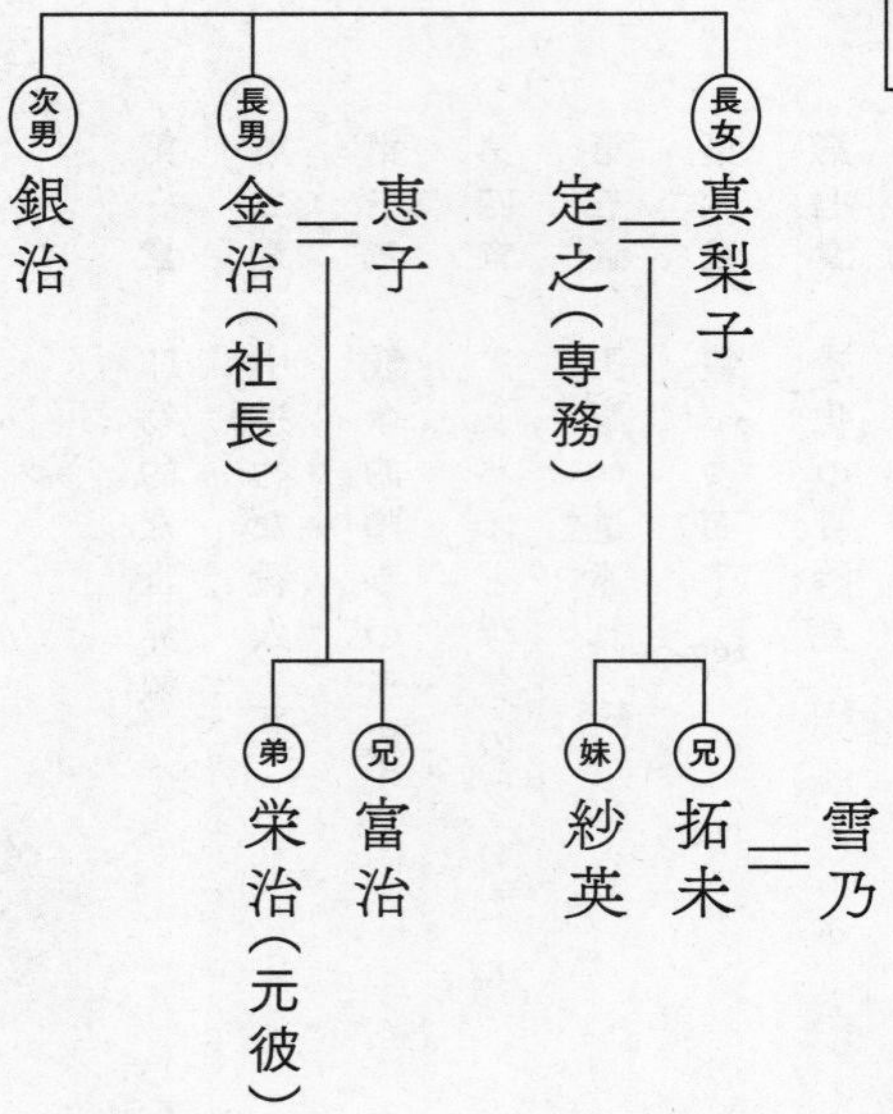

元彼の遺言状

第一章　即物的《ザッハリッヒ》な世界線

1

差し出された指輪を見て、私は思わず天をあおいだ。

信夫《のぶお》と私は、東京ステーションホテルのフレンチレストランで、フルコースのデザートを食べ終わったところだった。

「これはどういうつもり？」

レストランのスタッフが花束を用意しているのを見逃していなかった。

信夫は私の驚いた様子を見て、満足そうに微笑《ほほえ》む。

「だから、僕と結婚してほし」

「そうじゃなくて」

ガツンと刃を入れるように、信夫を遮った。

「この指輪はどういうつもりって訊《き》いているの」

ため息に似た深呼吸をひとつすると、指輪を指さした。

「この指輪、カルティエのソリテールリングよね。定番なのは分かるけど、安直すぎないかしら。それに何より、このダイヤの小ささを見てちょうだい。〇・二五カラットもないようだけど、よくもカルティエでこんなに小さいダイヤが買えたわね」

信夫の顔から血の気が引いていった。ホームベースのような角張った顔を上下に揺らして、私と指輪を交互に見比べている。その動きにつられて、黒縁眼鏡が信夫の大きな鼻の上をずり下がった。

「誤解しないでよ。あなたを責めているわけじゃないの。ただ、純粋に疑問……。どういうつもりでこの指輪を用意したのか、趣旨を教えてちょうだい」

信夫は数秒固まっていたが、ずれた眼鏡を元のポジションに戻すと、つぶやくような声で話し始めた。

「僕はただ、僕の気持ちを受け取ってほしいと思っただけなんだ。麗子《れいこ》ちゃんがそれほど指輪にこだわりがあるとは知らなかったから」

「はあ……」

私は息をついた。

「つまり、コレがあなたの気持ちってことね」

にらみ付けると、信夫は怯《おび》えたように身を小さくした。

「ねえ、あなた、リサーチャーなのよね。世間のカップルの、婚約指輪の相場を知らないのかしら」

信夫は電子機器メーカーで研究開発職に就いている。知的で尊敬できると思って、これまで一年間付き合ってきた。

渉外系大手法律事務所で弁護士をしている私とは畑が違うから、互いのプライドを削り合うような喧嘩《けんか》をすることが少ないのが良かった。

「も、もちろん、調べたよ」

私の言葉で反抗心を刺激されたらしい信夫は、声を震わせながら続けた。

「大手結婚情報サイトによると、婚約指輪の平均予算は四十一万九千円だ。二十代後半に絞ってみると、平均四十二万二千円。三十代前半で四十三万二千円。僕らは二十代後半だけれども、少し色をつけて三十代前半相当を目安に用意した。だから」

「だから何？」

もう一度信夫をにらみ付けた。

「あなたの私への愛情は、世間の平均程度ってこと？　そもそも私は、自分が世間の平均どおりの女だと思ったことはないし、平均が四十万円だとしたら、百二十万円の指輪が欲しいの」

私は腕を組んで、真っ白なテーブルクロスの上に置かれた赤い箱と、その中に縮こまっている、とっても小さいダイヤを見つめた。

輝いているけれど、しょせん、小さいなりの輝きだ。

こんなものを見ていると惨《みじ》めな気持ちになってくる。

「でも私も悪かったかも。百万円以下の指輪なんて欲しくないって、前もってあなたに伝えておくべきだった」

呆気《あっけ》にとられた様子の信夫は、餌《えさ》を求める魚のように、口を開け閉めしていた。

レストランの端では、スタッフが爪先を踏み替えておどおどしながら、私たちの様子をうかがっている。

「ごめんね、麗子ちゃん。貯金をしているつもりではいるんだけど、メーカーの若手サラリーマンでは限界があって」

ほとんど泣き出しそうになりながら、信夫は言った。

その様子を見て、私はさらに腹が立ってきた。

信夫が被害者面をしているように見えた。

しかも、お金がないことを言い訳にして。

「何が何でも、欲しいものは欲しい。それが人間ってもんでしょ。お金がないなら、内臓でも何でも売って、お金を作ってちょうだい」

言いながら、膝の上のナプキンをギュッと握り締めた。

「何もしてないのに、それでお金がないから無理だなんて、つまりあなたは私のこと、何が何でも欲しいってわけじゃないのよ。その程度の愛情の男には、私の人生に割り込む資格はないの」

シワのついたナプキンを、ポンとテーブルの上に置くと、信夫を一人残して、席を

は見逃さなかった。

その渡し際、私の表情を見たスタッフが、ぎょっとした顔で目を見開いたのを、私
男性スタッフが慌ててクロークからコートを取り出す。

「さようなら」

立った。


私はその足で、丸《まる》の内《うち》に向かった。

大通りから一本だけ入ったところにそびえ立つ、財閥系ビルの二十八階に、私の勤務する山田《やまだ》川村《かわむら》・津々《つつ》井《い》法律事務所はある。

ここはハードワークで有名な法律事務所で、弁護士たちは二十四時間いつでも出入りして、暇さえあれば働いてよいことになっている。

すでに夜の十時をまわっていたが、ビルの窓からは煌々《こうこう》と明かりが漏れていた。

執務室へ入っていくと、一年後輩の古川《ふるかわ》が、パソコンの前でカップラーメンを食べていた。ラグビー部で鍛えた身体を丸めて、巨大なダンゴムシみたいな格好である。

「あれっ、剣持《けんもち》先生！　今日は記念日デートでしたよね」

口いっぱいに麺を頬張りながら、古川が言った。

私が首を横に振って、

「そのつもりだったんだけど。全然だめだった」

と言うと、古川は左手で口を押さえながら、ちょっと裏返った声を出した。

「ええっ！　もしかして、フラれたんすか？」

「フラれてないっ！」

にらみ付けると古川は肩をすくめた。

「ねえ、あなた、この前婚約したわよね。彼女さんにいくらくらいの婚約指輪をあげたの？」

「ええと」古川は首をかしげた。

「ハリー・ウィンストンの中くらいのラインだったので、二百万ちょっとですかね」

私は大きくうなずいた。

「そうそう。そうあるべきなのよ。一生に一人だけのパートナーをゲットするんだから、そのくらいの本気を見せてもらわなくちゃ」

先ほどレストランであったことをかいつまんで話すと、古川はカップラーメンを手にしたまま、呆《あき》れたような声を出した。

「あちゃあ。彼氏さん、相当傷ついていますよ。僕らは稼いでいるけど、普通のサラリーマンからすると彼氏さんは頑張ったほうじゃないですか」

「私たちが稼いでいる、って？」

私は二十八歳で年収が二千万円近くあるけれど、それで十分だと思ったことはなかった。

「世の中にはもっと金持ちが沢山いるし、私たちなんて全然だよ。私はもっと、お金が欲しい」

古川はゲホゲホッと咳《せ》き込みながらカップラーメンの汁を飲みきると、二リットル入りのペットボトルからウーロン茶を直飲みしたうえで、口を開いた。

「いやあ、先輩ほど欲求に正直に生きられたら、それはそれでアッパレだな。でも、お金より大事なものがあるんじゃないですか」

古川は頭をかきながら続ける。

「だいたいね、こう言っちゃなんですけど。剣持先生みたいな強めの女性と付き合えている時点で彼氏さんは貴重な人物なんですよ。大事にしないとバチがあたる」

「どういう意味？」

あごを軽く上げて訊いた。

「一般論としてね、普通の男は、自分の三倍以上稼ぐ女と付き合うなんて、厳しいですよ。プライドもありますし」

私の学歴や年収が高いことで、それとなく私を避ける男たちはこれまで確かにいた。けれども、そんな程度の低い男たちは私のほうから願い下げだ。

「彼氏さんは理系の研究者でしたっけ？　他のところで揺るぎない自信があるから、のほほんと先輩と付き合えるわけです。それに料理や家事も得意でしたよね、彼氏さん」

　私はむっつりと首肯した。信夫の作るチャーハンは旨《うま》い。

「そんな男はなかなかいないですよ。指輪が小さいくらいで関係を壊してどうするんですか」

　そうは言われても、私はどうしても納得がいかなかった。

　あんなに小さくて安い指輪で私にプロポーズすること自体、私に対する侮辱に思えた。指輪の大小にかかわらずプロポーズをすれば私が喜ぶだろうと、信夫は思っていたに違いない。残念ながら私はそんな女じゃない。私がそんな女じゃないことを顔の見えない誰かから責められているような気がして、無性に腹が立つ。

　指輪は大きいほうがいいに決まっている。

　どうしてそんなことが、みんな分からないのだろう。

「とにかく、内臓を売るとか売らないとかは言い過ぎですよ。そんなこと彼女に言われたら怖いし」

　古川がカップラーメンのからや割り箸をレジ袋にまとめ始めた。私は腕を組んで、正面から古川を見る。

「でも私は本当に欲しいものがあったら、自分の内臓を売ってでも手に入れると思うの。古川君だって彼女さんのことが大好きで、どうしても結婚して欲しいから二百万円の指輪をあげたんでしょう」

古川は太い腕を頭の後ろで組んで、よく日焼けした丸顔を私に向けた。

「僕はプロポーズ直前に浮気がバレそうになったから、仕方なく高い指輪を贈って誤魔化しただけっすよ」

悪びれたふうもなく、古川は歯を見せて笑った。前歯のすき間に、乾燥キャベツが挟まっていた。

翌日の午後四時、事務所の面談室の前で胸を高鳴らせていた。

二月一日、月曜日、年に一度の人事面談だ。

うちの事務所ではボーナスは年に一度、二月中旬に支払われる。人事面談で一年間の働きぶりのフィードバックをもらうと同時に、ボーナス額を伝えられるのが恒例となっていた。

意気揚々と面談室に入ったが、すでに座っている上長ふたりの顔色が冴《さ》えないのを見て胸の内に不安が広がった。

私が何かしただろうか。

しかしこと仕事に関しては、人一倍真面目にしっかりと、そしてエネルギッシュに働いてきた手応えがある。

「どうぞ剣持先生、座ってください」

ふたりの男のうち若いほう、四十手前の山本《やまもと》先生が口を開いた。

私は黙って上長たちの向かいの席に座る。

「剣持先生の働きぶりは、弁護士一同、感心しているし、クライアントからも頼りになると評判ですから、この調子で頑張ってください」

褒めているはずなのにどこか言い訳じみていて、申し訳なさそうな口調だ。

不思議に思いながら、山本先生のポマードで塗り固められた頭を見ていた。

「それでですね。今年のボーナス額は二百五十万円となっています」

に、二百五十万円？

山本先生の言葉が、私の頭の中で反響する。

「えっ」という言葉が口から漏れた。

去年は四百万円くらいだった。

今年は去年よりも一層熱心に働いたというのに。

とっさに眉を少し持ち上げて、いかにもショックを受けたという表情をつくった。

年上の男性の相手をするのは得意だった。

「どうしてですか。私に何か、問題がありましたか」

　山本先生は、誤魔化すように首を小さく横に振った。

「いやいや、そんな。君はよくやってくれているよ。同期入所の弁護士たちと比べても、二人分、三人分、働いてくれている」

「それじゃ、どうして」

　山本先生の隣に座っていた、六十手前の津々井先生が、優しい口調で言った。

「剣持先生を見ていると、僕の若い頃を思い出すよ」

　津々井先生は事務所の創設者だ。たった一人から始めて、日本最大の法律事務所にまで育て上げた。だからこそ事務所名に自分の名前を並べている。

　薄くなった髪や、卵型の輪郭、丸くてつぶらな目、頬に刻まれた餃子《ぎょうざ》のひだみたいなシワ。津々井先生を構成するもの全てが柔和な印象を宿している。

　私はすぐに口元を両手で覆った。

「そんな、津々井先生の若い頃だなんて。光栄です」

　津々井先生は、白髪交じりの頭をかきながら苦笑した。

「いやいや、そういうのはいいよ。僕もたいがい意地悪だから、君のことはよく分かる」

　踊りの音楽を急に止められたような気分になって、ばつの悪さで口を一文字に結んだ。

「弁護士としては一種の才能なのかもしれないけれど、剣持先生はよく切れるナイフみたいな状態で歩き回っているから、その刃をね、事務所の中では鞘《さや》に収めてもらって、対外的に大いに発揮してもらえたらと考えています」

「もう少し具体的に指摘してください」

津々井先生をまっすぐ見据えて言い返した。

「一人で働くならそれでいいんだ。けれども、後輩ができて、チームをまとめながら働いていくとなると、そのギラギラした感じが怖いっていう人もいるんだな」

津々井先生は自分で言っておいて何か愉快だったらしく、

「ほっほっほ」

と笑うと、

「ま、目減りした分は長い目でみて勉強料だと思って」

と続けた。

こうやって津々井先生は、私の地雷を踏み抜いたのである。

次の瞬間、私は叫んでいた。

「勉強料って、なんですか！」

目の前にある机を思い切り叩《たた》いた。

「私はお金が欲しくて働いているんです。働いた対価として事務所からお金をもらう。それを勉強だとか何とか言って天引きされたら、たまったもんじゃない！」

山本先生は一瞬たじろいだが、津々井先生は眉一つ動かさなかった。

それがまた腹立たしい。

私はこんなに怒っている。事務所は、津々井先生は、それが分からないのか？

「お金がもらえないなら、働きたくありません。こんな事務所、辞めてやる」

私は立ち上がった。

「まあ、まあ、そうカッカせず」

山本先生が右手で制したが、

「二百五十万ぽっちとはいえ、ボーナスはきっちり振り込んでくださいね」

と言い捨てて、面談室を後にした。

怒りのままに執務室に戻り、貴重品だけをトートバッグに詰め込んで、事務所を飛び出した。

誰も追ってはこないのに、なぜか早足になる。

五百メートルほど進んだところで息が上がってきて、歩道沿いにあるカフェに入った。

なんだかとても惨めな気分だった。

ボーナス額が少なかっただけで仕事を辞めるなんて、狂気の沙汰だと思われるかもしれない。

幼いと言ってしまえばそれまでだけど、それだけでは言い尽くせない何かが、自分の中にわだかまっているのを知っていた。しかし自分ではどうすることもできない。

私だって、もっと「普通」になれたら楽だった。

いつだって、どうしようもなく、腹の底から湧き上がる衝迫に突き動かされている。

そんな気持ちが分かる人、いるだろうか。

どうしてみんな嘘《うそ》をつくのだろう。

誰だって、お金が欲しいに決まっている。欲しくても手に入らないから、いらないってことにしているのだろうか。

例えば目の前に五百万円があって、「いるか？　いらないか？」って訊いたら、みんな「欲しい」って言うでしょう。

欲しいなら、手を伸ばさなくちゃ。

どれだけ貪欲に手を伸ばすかにおいて、個人差があって、私はかなり貪欲なほうだというのは自覚している。

でも、それの何が悪いというのだ。

ピアノを弾《ひ》きたい人が思いっきりピアノを弾く。絵を描きたい人が絵を描く。それと同じで、私はお金が欲しいから、お金に手を伸ばしているだけだ。

欲しいものを手に入れる。それをずっと繰り返していくことで、自分が抱えたわだかまりから、いつか解放されるような気がしていた。

そのとき、携帯電話が震えた。

手に取って見ると、津々井先生からメールが入っている。

『疲れがたまっていたのかもしれませんね。しばらくお休みということにしておきますから、元気になったら戻ってきてください。さっきも、じゅうぶん元気でしたけど（笑）』

津々井先生のことを思い出すと、腹の底からムカつきが込み上げてきた。

人との絆《きずな》とか思いやりとか愛情とか、そういったものはお金で買えないから、大事にしなくちゃいけないと心の底から思っていそうな、そんな顔。

しかしその仮面の下で、実はぞっとするほど腹黒い人なのだと分かっている。そうでなくては弁護士としてここまでの成功を収められるわけがない。

私と津々井先生、どうせ同じ穴のムジナだ。

津々井先生のほうが本性を隠して、上手く立ち回っているだけである。

腹が立つと腹が減る。私は店員を呼びとめて、大盛りフライドポテトを注文した。

そしてフライドポテトを完食する頃には、多少冷静な頭が戻ってきていた。

事務所を辞めると口走ったけれども、実際の問題として、これからどうしていくかアイデアがあるわけではなかった。幸い貯金も多少あるし、しばらくのんびり過ごしてもいいかもしれない。

ハードワークで有名なうちの事務所では定期的に人が倒れる。だが倒れても二、三ヶ月後には、何事もなかったかのように事務所に戻ってくる。

そもそも法律事務所と個々の弁護士は、雇用契約ではなく、業務委託契約でつながっているにすぎない。だから、有給休暇や所定勤務日数という概念はない。

つまるところ、数ヶ月稼働しなかったからといって、文句を言われる筋合いはないのだ。働かなかったらお金がもらえないだけで、事務所も弁護士も勝ち負けなしだ。

本当に辞めるかどうかは別として、しばらく仕事をするのはやめよう。

そう決めてしまうと、かなり気持ちが楽になった。

しかし働かないとすると、明日から毎日、何をして過ごせばいいのだろう。

やりたいことは色々あったはずだけど、いざ時間ができてみると何から手をつけて良いのか見当がつかない。

「はあ……」

冷め切ったカフェラテのボウルを握りしめながら、私はため息をついた。

なんだか急に寂しさが込み上げてきて、携帯電話のアドレス帳を見返し始めた。

呼び出せる人は誰かいるだろうか。

私には女友達が一人もいない。みんなで横一列に並ぶなんて、私の一番嫌なことだから、それを強要する女という生き物が苦手なのである。

男友達なら、少なからずいるけれど――。

アドレス帳を見ながら男たちの顔を思い浮かべてみたものの、みんなイモみたいな顔の奴らでパッとしなかった。

誰か誰でも良いけど、うんとイケメンに癒やされたい。

そう思ったとき、ふと、森川栄治《もりかわえいじ》のことを思い出した。

栄治は大学の先輩で、大学在学中に三ヶ月ほど付き合って別れた男だ。

信夫の前の、その前の、もうひとつ前だから、三つ前の彼ということになるだろうか。

なぜ別れたのか記憶はあいまいだ。たしか栄治の浮気が原因だったように思う。それで私が鬼のように怒って、すぐに別れた――ような気がする。

自分が傷つくような出来事は早めに忘れられる都合の良い脳みそを私は持っていた。

栄治は勉強もできない運動もできないダメ男だったけれど、とにかく顔は良かった。うりざね顔でつるりとしていて品も良く、見栄えがした。声は低くてよく響き身長も高い。私は結局、栄治の見た目が好きだったように思う。

これはちょうどいい。栄治とどうなっても、後腐れも何もないのだし。

そう思って、私は栄治のメールアドレスに、

『久しぶり！　元気？』

とメールを送った。

それからぼんやりと一時間ほど待ってみたけれど、一向に返信は来なかった。

メールアドレスが変わっている可能性もある。だが送信失敗メールが来るわけではないから、きちんとメールは届いているはずだ。

そもそも、七、八年前にちょっとだけ付き合っていた人から連絡が来たからといって、返信しようとは思わないだろう。逆に栄治から連絡が来たとしても、いつもの私なら返信しない。

ふと外を見るとすっかり暗くなっている。せっかく働かなくて良いんだからさっさと家に帰って、風呂に入り、寝てしまうことにした。

2

働かないとはいいもので、冬晴れの日比谷《ひびや》公園を散歩したり、大人買いした漫画を

読破したりして、糸が切れた凧《たこ》のような数日を過ごした。

根が楽天家だから、自らの行く末を深く考えることもなく、おおむね気楽な時が流れていた。が、二月六日、土曜の夕方には一つだけ、面倒な予定が入っていた。兄、雅俊《まさとし》が、横浜《よこはま》市青葉《あおば》区青葉台《あおばだい》の実家に婚約者を連れてくるという。顔合わせを兼ねて実家に帰ることになっていた。

雅俊が連れてくる女なんてどうせ大したことないのだから、わざわざ顔を見なくても良いのだけど、今日会っておかないと、雅俊カップルと私の三人で顔を合わせる機会を別途設けることになるかもしれず、そうなると、よりいっそう面倒である。雅俊と私では会話が五分と持たないのだから、顔を合わせるなら大勢で集まったほうが良い。

青葉台駅からバスに十分ほど揺られてさらに五分歩く。家が近づくにつれて、足取りは重くなってきた。

私は実家が好きではなかった。義理として仕方なく、年末年始だけは帰るようにしていたが、それもそろそろやめてしまいたかった。白色を基調とした南フランス風の一戸建ての前に立つと、一段と気分がうち沈んだ。

家に着いたときには、雅俊とその婚約者である優佳《ゆうか》は、リビングルーム中央のソファでくつろいでいた。

父の雅昭《まさあき》は脇の一人掛けソファに座っていて、母の菜々子《ななこ》はいつものとおり、キッチンとリビングルームの間あたりに立っていた。

私には理解の及ばないことだが、母は自分が食事を取るとき以外、席に着かないことにしているらしい。

優佳に一礼をしてから、父の正面にあるスツールに腰掛けた。

父は「これは雅俊の妹です」と言ったきり、私に構うことはなかった。

父と兄は優佳を中心にとりとめのない話をしていた。私からもこれといって口を出す必要はない。

黙って、目の端で優佳の顔を盗み見た。

なるほど小ぶりな豆大福みたいな女だった。

血管が透けて見えそうなほど色白で頬がぷくりと丸い。豆のように小さい目と鼻が、その白い顔に散らされている。

雅俊の好みは地味顔だと昔から思っていたけれど、結婚相手に至っては地味顔の最高峰といった感じの女を連れてきたものだと感心した。

父に似た私は、顔のパーツがどれも大ぶりではっきりとしている。母に似た雅俊は影が薄く、線の細い男だった。だから雅俊は自分よりもさらに地味な女が好きなのだろうと私は踏んでいた。

「麗子さんは弁護士をなさっているんですよね。まさに才色兼備って感じで、すごいなあ」

と、優佳の声がしたので、私の意識は剣持家の団らんに引き戻された。会話に参加していない私を気遣って、優佳が話題をふってくれたらしい。

「とんでもない。ありがとうございます」

と私は微笑んで、これまでの人生で五百回は繰り返してきた謙遜のポーズを取った。

「雅俊さんから、いつもお話を伺って、すごい人だなあと思っていたんです」

そう言う優佳の小さい目の中で真っ黒な瞳がきらりと輝いた。なるほど可愛《かわい》らしい女だなと思った。

そのウサギのような可愛らしさで心がほぐれそうになった途端、横から父が割り込んできた。

「弁護士なんてしょせん代書屋ですからね。我々からすると、ただの出入り業者ですよ」

父は経済産業省で石炭に関する落ち目の部署に勤めていて、兄、雅俊は厚生労働省で新薬の認可がどうこうという仕事をしている。

父は、その高い鼻にかかった眼鏡を押さえながら続ける。

「娘は学校の成績だけは良かったんで、本来なら財務省あたりに行って欲しかったのですが、けっきょく根性なしなもんだから、民間に下ったんですわ」

父は官庁が世界の中心だと思っている節があって、官庁以外の組織のことを「民間」、官僚以外の人間のことを「国民」と呼ぶ。

父の態度にいまさらイラつきもしない。かといって黙っているのもしゃくである。

私はぷいと横を向いて吐き捨てた。

「公務員の安月給なんて、ぜったい嫌よ」

その場がシーンと凍り付くのを感じた。

この家は公務員の安月給で建てられたものだし、雅俊と優佳は、これからその安月給の中で暮らしていかなければならないわけだ。

「皆さん、一家揃《そろ》ってすごいですよ。うちなんて普通のサラリーマン家庭ですから」

優佳が自分の身を犠牲にして、その場を収めようとした。

地味だけど良い子なのだろうなと感心してしまった。

そして、そんな子が雅俊なんぞを生涯のパートナーに選んだということが、甚だ不思議でならなかった。

雅俊は昔からひ弱かつ気弱で、私のほうが何でも良くできた。同じ学習塾に通っていても、私のほうばかり目立っていて、私に兄がいると知ると、皆が驚いたものだ。

それなのに父は、雅俊ばかりを褒めた。私が陸上でインターハイに出たときも、学生弁論大会で優勝したときも、父は一言もコメントしなかった。これまでを思い返してみて、私は両親に褒められた記憶がほとんどない。ごく稀《まれ》に、得意でも好きでもない家事をこなすと、「あら、麗子ちゃん、上手にできたじゃない」と母が漏らす——その程度だ。

むしろ父は、私をけなすことを趣味にしているような節さえあった。

だから、優佳が捨て身のフォローをしたあとも、

「こいつはこの歳になっても料理一つできないもんだから、嫁のもらい手がいないんですわ」

と私を腐した。

父に何を言っても無駄だけど、言われて黙っている私ではない。

「お父さんもお兄ちゃんも、料理なんて全然できないじゃない。結婚できてよかったね」

それを聞いた父は、私そっくりの彫りの深い顔をこちらに向けると、

「それが親に対する口の利き方か！」

と一喝した。

私はそのくらい全然平気である。しれっとした顔で応じた。

「親だ親だと言うけれど、私はお父さんに育てられた覚えはないよ。お父さんは家に

お金を運んできていただけじゃない」

　私と父は互いににらみ合った。

　雅俊がうんざりとした口調で沈黙を破った。

「いいかげんにしてくれよ。こんな日なのに。顔を合わせれば喧嘩ばかり」

　ふと、怯えたように固まっている優佳の視線を感じて、私も悪いことをしたと思った。

　父と私、似たもの同士だというのは、自分でも分かっていた。父の感情の動きは私にもよく分かる。

　むしろ、こういった諍《いさか》いの間も黙って突っ立っている母の方が、不気味な生き物のように思えた。母のような人生、家の中でじっと耐えて暮らす人生だけは絶対ご免だ。

　泊まっていったら、という母の言葉を断って、そそくさと実家を後にした。

　実家に長いこと滞在するのは精神衛生に良くないし、良くないことをわざわざするほど、私は不合理な人間ではない。

　帰りの電車に揺られていると、ヒーター付きの電車のシートに暖められて、急に疲れと眠気が襲ってくる。

　何気なく右手に握っていた携帯電話が震えたのは、こくりと居眠りしそうになったそのときである。

私はてっきり、信夫からの連絡だろうと思った。

信夫とは、あの夜以来、連絡を取っていない。私から連絡しないのは当然だとして、信夫から丸五日も連絡が来ないのには腹が立っていた。やっぱり僕が悪かったと連絡が来るのを、少しは期待していたから。

しかし意外なことに、メールの差出人は、森川栄治だった。

私は毎晩寝るたびに、その日にあった細かいことを忘れてしまう性質《たち》で、数日前のことでも随分昔のことのように感じる。だから「森川栄治」という名前を見ても、一瞬誰のことか思い出せなかったし、元彼だと思い出してからも、一体何の用だろうと首をひねった。

実際にメールを見てみると、なるほど、私から連絡していたということに気付かされたが、それ以上に、画面に浮かぶ文字に驚いた。二度、三度と文面を読み返す。

眠気も、いつの間にか吹っ飛んでいた。

メールには、こう書いてあった。

『剣持麗子さま。ご連絡ありがとうございます。私は、森川栄治氏の身の回りの世話をしておりました原口《はらぐち》と申します。栄治氏は一月三十日未明に永眠し、先日しめやかに葬儀が行われました』

栄治が死んだのだという。

一月三十日というと、ちょうど一週間前である。信夫とのディナーの前日だ。

栄治は年齢でいうと私の二つ上だったから、まだ三十歳にすぎない。

どうしてだろう。それが最初に思ったことだった。

若年層の死因でダントツなのが自殺で、その次が癌《がん》などの病気。三番目に交通事故などの不慮の事故がランクインする。かなりの確率で栄治は物騒な死に方をしたのだろう。いったいなぜ死んだのか、不謹慎ながら興味がそそられた。

悲しい気持ちや恐ろしい気持ちは全く湧いてこなかった。同世代の人間が死ぬなんて、どこか現実離れしていて本当のことだとは思えなかった。

弁護士になるための研修の過程で、過労死自殺や仕事中の事故など、かなりの数の物騒な死に方をした人間を見ていた。死に対する感覚が鈍っているのかもしれない。

ちょっと考えてから、大学のゼミの先輩で、栄治とも交友が深かった篠田《しのだ》という男にメールを打った。

篠田は栄治と同様、付属の小学校からエスカレーター式で大学まであがってきた。森川家とは家族ぐるみの付き合いがあると聞いたことがある。

篠田からの返信はすぐに来た。栄治の件でちょうど相談したいことがあるから、今から飲まないかという内容だ。

私は二つ返事で承諾した。栄治の件について好奇心が抑えきれなかったし、実家での諍いでむしゃくしゃして、誰かと話したい気分だったのである。

私たちはマンダリンオリエンタル東京のラウンジ・バーで落ち合った。

篠田は誰かの結婚式の帰りだったらしく、やたらと艶《つや》のあるスーツを着て、引き出物の大きな袋を持っていた。もともと背の低い男だったが、数年ぶりに会っても、やはり当然ながら背は低かった。以前よりずっと腹が膨らんで、スーツの前ボタンがはち切れそうだ。

「あれっ、ちょっと丸くなった？」

と私が言うと、篠田は、

「最近は会食が多いんだよなあ。麗子ちゃんは全然変わらないどころか、どんどん綺《き》麗《れい》になるね」

と応えて、もとから細い目をさらに細めた。

篠田の父は小さな貿易会社を営んでいた。篠田本人は遊学中という体の、ただの遊び人である。遊ぶといってもお坊ちゃんのことだから、ゴルフをしたりヨットをしたり、堅苦しくてお行儀のいい遊びしかしない。

「でも、今回のことは、麗子ちゃんもショックだったでしょう。栄治とは一時期付き合いもあったんだし」

篠田が気の毒そうに眉尻を下げるのを見て、私も慌てて笑顔を消して、伏し目がちにまばたきをした。

実際のところほとんどショックなんて受けていなかったけれど、お坊ちゃんに調子を合わせるくらいの良識はあった。

栄治と付き合いの深い篠田のほうがショックは大きいはずだ。それにもかかわらず、最初に私への気遣いを口にするところに、育ちの良い人に特有の心の美しさを感じて、逆に窮屈な気分になった。私はお金が好きだけど、お坊ちゃんと結婚したいとは思わないのは、こういう窮屈な気分が大嫌いだからだろう。

「それより、相談したいことって？」

私は話を切り出した。

「それがね」篠田はもったいぶるように言葉を切った。

「栄治の死にも関わることなんだけど。弁護士である麗子ちゃんの意見も聞きたくって」

篠田は携帯電話を取り出して、ある動画投稿サイトを画面に表示させた。

「動画投稿サイトに動画を上げて、再生回数に応じた広告収入を稼ぐ人たちがいるだろう？」

私はうなずいた。相当な額を稼げることもあって、炎上狙いの過激な投稿が相次いでいるという話を聞いたことがあった。

「栄治の叔父、銀治《ぎんじ》さんっていうんだけど、いい歳して、そういった動画投稿の収入で生活しているみたいで」

そう言って篠田が見せてくれた動画には、「門外不出！ 森川家・禁断の家族会議」という大げさなタイトルが付されていた。

再生してみると、西洋風で豪華な調度品のリビングルームに、六、七人の人間が集まっていて、ソファに座って脚を組み換えたり、立ったままウロウロしたり、落ち着かない様子でめいめいの時間を過ごしていた。

映像のアングルやブレ具合からすると、鞄《かばん》か何かに仕込んだ小型のハンディカメラで隠し撮りをしているようだった。

六十歳前後と思われる、短い銀髪の、よく日焼けした精悍《せいかん》な男が、画面に入ってきて、

「えー、みなさん」

と画面に向かって声をひそめて話し始めた。

この男が銀治のようだ。

『これから、森川製薬の創業者一族で集まりが』

そこまで聞いて、私は「えっ」と声をあげ、

「ちょ、ちょっと。森川栄治の森川って、森川製薬のこと？」

と口を挟んだ。

目を見開いた私の顔を見て、篠田は動画を一時停止した。

「麗子ちゃん、知らなかったの？」

「全然知らなかった」

身近なところに御曹司がいたのに気づかなかったなんて、灯台下暗しもいいところだ。

エスカレーター式で大学にあがるくらいだから、それなりに裕福だとは思っていたけど、まさか大手製薬メーカーの御曹司だったとは。

栄治は親の話をしたがらなかった。親に対して屈折した感情を抱えているのは私も一緒だったから、私から尋ねることもなかった。

「麗子ちゃんは、お金目当てじゃなしに、栄治を好きでいてくれたんだねえ」

篠田がしみじみ言った。

栄治の顔が好みだっただけという本音は心にしまって、私は神妙な顔で頷いた。

「栄治も自分の実家が森川製薬だということは周囲に隠していたから。『俺がこれ以上モテちゃうと困るだろ』とか言って」

篠田が小さく笑った。私もつられて頬をゆるめた。いかにも栄治が言いそうなことだった。陽気で人当たりの良い栄治の周囲には、自然と人が集まった。どこで知りあうのか分からないが、年齢や職業がバラバラな人たちともよく飲み歩いていたようだ。大学内でも華やかな女子学生たちに囲まれていたし、実際よくモテていた。

一時停止をしていた動画を再生する。

『先日、僕の甥《おい》の森川栄治くんが亡くなってね。あ、彼は、僕の兄の次男坊なわけだけど。その遺言が発表されるってことで、今日、僕たちは集まりました。皆さんにちょっと補足しておくとね、栄治くんは数年前に、かなりの遺産を婆《ばあ》さんから相続したんだよね。詳細は僕も知らないんだけど、六十億はあるね』

私は、「六十億？」と繰り返した。いくら創業者一族とはいえ、三十歳の次男坊が持つ額にしては大きすぎるように思える。

篠田がすぐに、指を自分の唇に当てて「しっ」と言った。私は慌てて周囲を見渡したが、ラウンジは座席間の距離が十分にとられていて、周りの客はそれぞれの会話に夢中のようだった。

私たちは動画の続きを見ることにした。

間もなく、栄治の顧問弁護士という老年の男が登場し、栄治が作成したという遺言状を読み上げ始めた。その内容が、一度聞いただけでは自分の耳を疑ってしまうほど、誠に不可思議なものだった。

一、僕の全財産は、僕を殺した犯人に譲る。
一、犯人の特定方法については、別途、村山弁護士に託した第二遺言に従うこと。
一、死後、三ヶ月以内に犯人が特定できない場合、僕の遺産はすべて国庫に帰属させる。
一、僕が何者かの作為によらず死に至った場合も、僕の遺産はすべて国庫に帰属させる。

動画を見終わって、しばらく黙りこくっていた。

こんな風変わりな遺言は聞いたことがなかった。私は相続が専門の弁護士ではないから、あまり詳しくはない。それでも、この遺言が異様だということは分かる。

実際に、動画では遺言の内容が発表された後、「ふざけるな！　こんな遺言、真に受けてられん」という男の怒鳴り声がして、親族同士がもみくちゃになったのか、映像は乱れて途切れてしまった。

「栄治って、殺されたの？」

率直な疑問を篠田にぶつけた。

篠田は、首を横に振った。

「栄治はインフルエンザで死んだ。葬式で、親父さんがそう言っていた」

インフルエンザ？

頭の中で篠田の声が響いた。

「もともと重度のうつ病で、体力も低下していたからね」

栄治がうつ病になっていたなんて、私は知らなかった。

「晩年は相当悪化していて、親族の中でも腫れ物に触るような扱いを受けていたよ」

篠田の話では、栄治は軽井沢《かるいざわ》に所有していた別荘で一人静養していたらしい。別荘近くに居住するいとこ夫婦との付き合いがある程度だった。

といっても、病人を一人きりにするわけにもいかないから、主治医による訪問診療を受けていたし、近隣の病院から専属の看護師を派遣してもらっていたらしい。通常はそこまでの対応は望めないが、そこは天下の森川製薬のお膝元だけあって、病院とのパイプを使って、特別待遇を受けていたようだ。

その点だけを聞くと、お金持ちはすごいなと思ってしまうのだけど、親類はそこまでして栄治を遠ざけたかったのかと考えるとゾッとした。暗い井戸の中をのぞき込むような、底知れぬもの寂しさを感じた。うつ病だったことすら知らなかった私のような者が、遺族を責めることなどできないのだけど。

「うつ病になるきっかけとか、あったのかな？」

篠田は首を横に振った。

「親父さんも見当がつかないと言っていた。悪いと分かってはいても気になって、本人にそれとなく聞いたこともあるんだけど。栄治のやつ、大真面目な口調で『こんなにイケメンで、こんなに金持ちで、俺は規格外に恵まれている。世界の異分子だ。こんな規格外の人間が生きていていいはずない』なんて言うから、僕はもう、何と言っていいか」

篠田は暗い表情をしていたが、私は思わず吹き出しそうになった。

急に栄治のことを、鮮明に思い出した。学生時代のことだ。社会人になった今となっては、ずいぶん遠いことのように思える。懐かしいアルバムを不意に開いたような感慨を抱いた。

事実、栄治は途方もないナルシストだった。

どのくらいナルシストかというと、一緒に買い物をしているときに、ショーウィンドウに映った自分の顔を見て、

「僕はこんなに格好よくて、いいんだろうか」

と独りごちるほどだ。

実際見た目は良かったから、ここまではまだいい。

これには続きがあって、

「こんなに恵まれている僕は、どう生きれば良いのだろう。神様は一体、僕に何を期待しているのだ。僕にはこの恵みを、世界に分配する義務がある」

などと言い始め、その足で最寄りのコンビニの募金コーナーに有り金をすべて突っ込んだ。そのせいで帰りの電車賃が払えなくなって、私が千円札を恵んでやったことがある。

大きいことを言うわりに、頭が悪いのだ。

物事を深く考えないというか、楽観的というか、大げさというか。

ちょっとした自信過剰やオバカだと、私もイラついて反発したくなるのだけど、ここまでくると一目置いてしまう。

だから、篠田の話も全くのデマカセだとは思えなかった。

「栄治の言いそうなことね。それでうつ病になったのなら、気の毒ではあるけど」

うつ病のことも気になるが、それ以外にも受け止めきれない事情が多すぎたから、一旦うつ病のことは脇に置くことにした。

「最終的にインフルエンザで死んだのなら、今回は最後の一文の、『何者かの作為によらず死に至った場合』にあたるってことよね？」

私はそう尋ねたが、篠田は何も答えない。

バツが悪そうに、丸々とした顎をかいているばかりだ。

「ねえ、なんで黙っているの？」

篠田の顔をのぞき込んだ。額に大きな汗粒が浮かんでいるのが見えた。

篠田は口を開こうとしたが、一度閉じ、それから改めて意を決したように話し始めた。

「それがね。栄治が亡くなる一週間前に、僕は栄治と会っているんだ。そしてそのとき、僕はインフルエンザの治りたてだった。どうかな。僕は六十億円、もらえるだろうか？」

いたずらが見つかった子供のように、篠田は微笑んだ。友人の死の直後とは思えないほど、その瞳は柔和な輝きをたたえている。

私は篠田をまじまじと見つめた。こいつはとんだ食わせ者かもしれないと思った。

3

ありうる話だと思った。

「もし、篠田さんが、わざと栄治にインフルエンザをうつしたなら、それで栄治を殺したって言えるかもしれない」

普通はそんなことをする人はいない。誰かを殺そうと思ったら、もっと確実な方法がいくらでもあるはずだ。

だが、すでに起こっている事件を「殺人だった」と主張するのは、比較的容易だろうと思われた。犯人として自首してしまえばよい。

「ただね」

篠田が口を開いた。

「僕は殺人罪で逮捕されるのは嫌なんだ。どうだい、警察にバレずに遺産をもらうことはできないかな」

私は一瞬のうちに様々な考えをめぐらせた。

そもそも、相続には欠格事由がある。被相続人を殺害したことで刑に処せられた者は、その遺産を相続することはできないのだ。

だがこの規制の対象はあくまで「刑に処せられた者」に限定されている。つまり、刑事事件として処罰されなければ、実際に殺していても、遺産を相続することはできる。

刑事事件で処罰するためには、民事事件と比べると、より多くの証拠を集めなければならない。まずこの人が犯人で間違いないというラインまで立証する必要がある。

だから民事事件で犯人だと認められた人でも、刑事事件で無罪となることは理論上

かなかなかなかなかなか

ありうる。

　けれども現実問題としてはどうだろう。そんな微妙な隙間を狙えるものだろうか。

「うーん、まずはこの遺言にある、『犯人の特定方法』ってのを確認する必要があるかな」

　私は言葉を選びながら続けた。

「例えば、名乗り出た者の話は関係者の間だけで共有する約束を交わし、警察には一切情報提供をしないとか、そういう前提の話かもしれない。そうじゃないと、犯人も普通は名乗り出ないわけだし」

　しかし――ふいに私の脳裏に、大学で習った懐かしい響きの言葉が浮かんできていた。

　民法九十条、公序良俗。

　今の日本では原則として、私人と私人の間でどんな約束、契約をしてもよい。それが市民社会の自由というものだ。

　しかし原則があれば例外がある。よっぽど悪質な契約はナシってことにしましょう。それが、公序良俗違反による無効だ。

　典型的な例としては、愛人契約とか、あるいは殺人契約とかがある。

「ねえ、この遺言は無効かもしれないよ」

私は声をひそめて言った。

「殺人犯に報酬を与えるなんて、公序良俗違反で無効になる可能性が高い。もしかすると、それを知らない犯人をおびき寄せて自供させた上で、この遺言は無効だから遺産はあげませんっていう、そういう計画かもしれない」

篠田は細い目を一瞬見開いて、「そんな」とつぶやいた。

「そもそも栄治は、なんでこんな遺言を残したんだろう。殺されることを望んでいたっていうの？」

私はこの遺言の内容を耳にしたときから抱いていた疑問を口にした。

「さあ」

篠田は首をかしげた。

「ただ、確かに栄治の様子はおかしかった。どこまでがうつ病の影響なのか、別の原因があるのか分からないけど、ここ数年の栄治は被害妄想のようなことばかり口走っていた」

「被害妄想？」

「うん、誰かに監視されているとか言っていたな。どうしてそう思うのかと訊くと、朝起きたら部屋の中の物の配置が、昨晩と比べて微妙に変わっているとか、そんな些《さ》細《さい》なことばかりで、栄治の気のせいだと思うのだけど。僕と栄治は小学校からの仲だ。

だからこそ様子のおかしい栄治がいたたまれなくて、ここ数年は距離をとっていたんだ」

確かに栄治は、たまに変なことを言い出すことがあった。だが基本的には明るくて、誰かを恨むようなところはなかった。被害妄想的な言動は、栄治に似合わないように思えた。

「だけど、三十歳の誕生日パーティーに招待されて、僕は久しぶりに栄治に会いに行ったんだ。誓って言うけど、本当は栄治にインフルエンザをうつそうなんて思っていなかった。解熱後二日の待機期間はちょうど終わったところだったし」

言い訳のような篠田の言葉に、私は少しイラついた。お金が欲しいなら、はっきりと、そう言えば良いのに。

「それで、いざ栄治が死んだら、お金欲しさに名乗りをあげるわけ？」

母親に叱られた子供のように篠田はしょげた顔をした。ショボリした男を見ると追い打ちをかけたくなるのが私の性《さが》だけど、このときばかりは我慢した。篠田がどういうつもりでこの話を私に持ってきたのか気になっていた。

「もちろん、お金はもらえるなら欲しいけど。ただ僕は、森川家で何が起きているか知りたいんだ」

篠田はポケットからハンカチを取り出して広めの額を拭いた。

「我が家は森川製薬と直接の取引関係はないけど、森川家を通じてお客さんを紹介してもらったり、何かと引き立ててもらったりしてきたんだ。だから今回の葬式でも当然、うちから花を出すなりするものだと思っていた。ところが、僕の父は花を出さないばかりか、葬式にも行かないし、今後森川家との付き合いを控えるようにと言って寄こした。僕は父の言葉を無視して、葬式には出たけれど……」

「それで、森川家には何かあると思ったってこと?」

私はじれったくなって口を挟んだ。

「そう。父は何かを知っているようだけど、頑として口を割らない。うちの事業に関わるのかもしれないし、栄治の死と関わりがあるかもしれない」

「でも、篠田さんの家の話と、栄治の死の間に特に関係があるとは思えないな」

栄治の遺言は確かに変だ。けれども、栄治が被害妄想の末、生み出したものとも考えられる。

他方で篠田家と森川家の確執は、単に当主同士が喧嘩しただけのことかもしれない。そんな不始末は、当然息子には言わないだろう。いずれにしても、事を左右する重大な話とは思えなかった。

「いいや、これは何かおかしい。何十年も続いていた関係に変化が起きたのと、妙な遺言を残して栄治が死んだのとが、同じタイミングだなんて、偶然とは思えない」

篠田は、アイロンで綺麗にプレスされたハンカチを握りしめた。

「ねえ、麗子ちゃん。僕の代理人になって、この件を調べてくれないか。殺人犯の代理人と名乗れば、遺言のことや森川家のことを色々と聞き出せるでしょう。依頼人として僕の名前を出すことはできないけれど」

「嫌よ」言下に私は断った。

「えっ」

断られるとは思っていなかったらしい篠田は、突拍子もない声を出した。

「もちろん、ちゃんと謝礼は出すから」

「全然だめ」

私ははっきり言い放った。

「栄治の遺産が六十億円だとして、うち二十億円は栄治の両親のもとに行くのよ。どんな遺言内容だったとしてもね」

遺言でどう定めていようと、法定相続人である栄治の父母には一定の財産を相続する権利がある。これは遺留分といって、法定相続人の側から請求しないともらえないものではあるけれども、これだけの額であれば、弁護士ともども、必ず確保に動くだろう。

「で、残りの四十億円だって、相続税で半分以上持って行かれるんだから、篠田さんが手にできるとしても二十億円弱でしょ。そこから例えば、五十パーセントの成功報酬をもらうとしても、私に入ってくるのはたかだか十億円。ぜんっぜん、割に合わない」

こういった色物の事件の代理人になってしまうと、私の名前はインターネットで拡散されて、「そういう弁護士」というカテゴリーで見られてしまう。そうしたら、私がこれまで相手にしてきた保守的な上場企業のクライアントたちは離れていくだろう。

それでいて十億円の報酬というのは、かなり上手くいった場合の話で、楽観的に見積もったとしても、その期待値は高くない。

事務所のボス、津々井先生の年収は三億円くらいだったはずだ。コツコツ働いて弁護士として出世すれば、十億円くらい手に入れられるのだ。

そう考えると、全くもってお話にならない。全然やる気が出ない。

篠田は私の顔をのぞき込むようにして、

「でも、どうして栄治があんな遺言を残したのか、麗子ちゃんも気になるでしょ？」

と訊いてきた。

もちろん、私も野次馬としては気になるが、お金のほうがもっと大事だ。

「べつに理由なんて興味ない」

篠田はちょっと悲しそうな顔をした。私は篠田に哀れまれているような気がして、

「大きなお世話よ」と胸の内でつぶやいた。

私たちはそのあと、とりとめもない会話をいくつか話し、のろのろと解散した。

お互いにぐったり疲れていた。

森川銀治は名の売れた動画職人だったようで、栄治の遺言の件はまたたく間に世間に広がった。

色物の事件だから、テレビのニュース番組や新聞で取り上げられることはなかった。

だが、インターネットのニュース記事では、銀治の動画の内容が紹介されている。

栄治の名前を検索するだけでも、その総資産や人となりをまとめたというウェブサイトに、いくつか行き当たった。

それらの「まとめサイト」は驚くほどに内容が薄っぺらい上に、私程度の関わりの者が読んでも嘘だと分かる内容を含んでいた。私はだんだんと腹が立ってきた。

この記事を書くにあたって、何か調べようとは思わなかったのか？

ここはひとつ、私も調べてみるか。

きわめて気楽に、そう考えた。

実際、栄治にはどのくらいの資産があったのか、私は気になっていた。

篠田と会った後の数日間、家でごろごろしながら海外ドラマを観るばかりの生活を送っていて、時間をもてあましていたのもある。

栄治の資産を調べるとしたら、森川製薬からである。

森川製薬は上場企業だ。まずは有価証券報告書を見るのが筋だろう。

大株主の記載欄に、創業者個人の保有株式数が掲載されていることも稀にある。保有株式数に今日の株価をかければ、株式分のおおよその資産額が分かる。

ベッドに腹ばいで寝そべったまま、ノートパソコンを起動した。有価証券報告書は、EDINETという電子開示システムで簡単に閲覧することができる。

森川製薬の有価証券報告書は、二百頁を超える壮大なものだった。ざっと読み通し、必要な箇所をすぐに見つけた。

発行済株式総数は約十六億株。今日の株価は四千五百円程度だったので、単純計算で、会社としての時価総額は七兆二千億円だ。

そしてそのまま、大株主のリストに目を落とす。

大株主リストの首位には外資系投資会社の「リザード・キャピタル株式会社」が名を連ねている。リザード・キャピタル株式会社が昨年、自社の従業員を派遣して森川製薬の副社長に据えたというのは、ビジネス界でちょっとしたニュースになった。森川製薬への支配を徐々に強めて、敵対的買収を仕掛けるつもりなのではとささやかれている。

大株主リストの二位以降には、信託銀行や投資会社の名前ばかりが並んでいて、個人株主の名前は一つもない。この規模の会社の株を個人が大量に持つとは考えにくい。どうしたものか、と頬杖をついて、漫然とパソコンの画面を見つめていると、大株主リストの九位と十位の欄に目が留まった。

『ケイ・アンド・ケイ合同会社

合同会社ＡＧ』

と並んでいる。

なるほど、これは美味《おい》しい情報だと思った。

合同会社は、個人の資産管理会社としてよく使われる会社形態だし、「合同会社ＡＧ」は、その名前からして気になった。

すぐに、法務省の登記・供託オンライン申請システムにアクセスして、二つの合同会社の登記簿を取り寄せることにした。

三日後に自宅に届いた二つの登記簿を確認して、私は小さくガッツポーズをした。

ケイ・アンド・ケイ合同会社の登記簿には、代表社員の欄に「森川金治《かねはる》」とあり、業務執行社員の欄に「森川恵子《けいこ》」とある。これはまず間違いなく、森川家の資産管理会社だ。

金治と恵子が何者なのか、確かなところは分からない。しかし、栄治の父の弟、つまり叔父の名前が「銀治」だったことを考えると、銀治の兄、つまり栄治の父が「金治」であると考えるのが自然だ。そして恵子はきっと、金治の妻で栄治の母だろう。

合同会社AGのほうは、もっとあからさまだった。代表社員も、業務執行社員も「森川栄治」となっている。これは栄治が一人でやっている会社のように見えた。つまり、栄治個人の資産を管理している会社である。予想していたものの、栄治だからAGという、笑えもしないシャレに脱力した。

銀治の話によると、栄治は次男坊らしいから、兄がいるのだろう。その兄が登記簿のどこにも出てこないのは違和感がある。しかし私は自分の読みが当たっていたことが嬉《うれ》しくて、さしあたり、栄治の兄のことは気にしないことにした。

そのまま、はやる気持ちで森川製薬の有価証券報告書を見直す。

合同会社AGの保有比率が一・五パーセントだ。

つまり、七兆二千億円の一・五パーセント、時価総額一〇八〇億円の株を、栄治は保有していたということになる。

自分の鼓動が速まるのを感じた。

三分の一を遺留分で栄治の父母に取られたとしても、七二〇億円残り、そこから相続税五十パーセント超を差し引いても、三百億円は残る。そして、その半分を成功報酬としてもらうとすると――?

百五十億円。

大きく息を吸って、そのまま吐いた。

落ち着かなければと思った。

どうして銀治は六十億円という数字を持ち出したのだろう。一族につまはじきにされていたとしても、あまりに見当違いな数字だ。

それに、公開情報だけでこれだけ調べられるのだから、このお金を目当てに寄ってくる悪質な輩《やから》——私は自分のことはすっかり棚に上げてそう考えた——もいるかもしれない。そんな輩と自分は張り合えるだろうか？

さらにいうと、栄治の遺言は公序良俗違反と判断される可能性もある。最終的には法律解釈の問題だけれど。裁判になったときに、私は競り勝てるだろうか。

一瞬のうちに、頭の中で様々な阻害要因が浮かんだ。まともに考えれば、あまりにリスクが高い。

しかし頭の動きとは別に、私の奥底を流れる何かは、自分の進むべき道をすでに決めているようだった。そう、いつもこうやって私は、何かに押し出されるように戦って——そして、勝ち取ってきたのだ。

諦めに近い全能感が、自分の中にみなぎってきた。

篠田に電話をかけて切り出した。

「この前の話、やっぱり引き受けることにした。ただし、成功報酬は得られた経済的利益の五十パーセント」

口ごもる篠田を無視して続ける。

「完璧な殺害計画をたてよう。あなたを犯人にしてあげる」

第二章　中道的《メソテース》な殺人

1

これは僕にとって、犯人への復讐だ。

与えることは奪うこと。

犯人は僕があげた財産で一生暮らすことになる。つまり僕の支配のもとで、僕の亡霊に付きまとわれながら過ごすわけだ。

きちんと犯人を見つけてもらえるように、犯人が見つからなかったら、僕の財産は国庫に帰属させることにした。

一、犯人の特定方法
以前、ハーレーを盗まれたことがあったが、警察は全然捜査してくれなかった。それどころか僕に向かって「若いのにこんな高級なバイクを乗り回しているからですよ」と嫌味を言ってくる始末。そういうこともあって、僕はそもそも警察を信用していない。

じゃあ誰を信用しているのかというと、僕が知っている一番賢い人たちっていうのは、やっぱり森川製薬の幹部陣だなと思う。

そこで、①森川金治（代表取締役社長）、②平井《ひらい》真人《まさと》（取締役副社長）、③森川定之《さだゆき》（取締役専務）の三人全員が「この人こそ犯人だ」と認めた人を、この遺言の適用上「犯人」ということにする。

僕は犯人が刑事罰を受けることを望んでいない。だから、自分が犯人だという人はどんどん名乗り出るといい。

森川製薬の本社ビル、機密性の高い会議室で、犯人候補と役員三人が面談をして犯人を選出する。関係者全員に守秘義務を課して、選考内容を警察に漏らさないようにするから、犯人は臆することなく、名乗りをあげて欲しい。

二、僕を支えてくれた人たちへの遺贈

それとは別に、僕を支えてくれた人たちへ個別に財産をあげようと思う。

こちらは完全な善意で遺贈するものだから、受け取る人たちもごく気軽に受け取って、負い目を感じることなく使って欲しい。ただできれば時々僕のことを思い出して、懐かしんでくれると嬉しい。

①　僕が中学高校で所属していたサッカークラブのみんな　八王子《はちおうじ》の土地

②　僕の小学校から高校までの各クラスの担任の先生たち　浜名湖《はまなこ》の土地

③　大学時代に所属していたイベントサークルのみんな　箱根《はこね》の土地

④　大学時代に所属していた経済ゼミのみんな　熱海《あたみ》の土地と別荘
⑤　僕の元カノたち（ここで名前をあげるのは恥ずかしいから、別にリストを作成しておきます）　軽井沢の土地と別荘
⑥　僕の髪を切ってくれていた美容師の山田《やまだ》さん、僕にオーガニックの整髪剤を紹介してくれた薬局の中園《なかぞの》さん、僕が気に入って使っていたミルク石鹸《せっけん》を開発した石鹸会社の社長の猿渡《さるわたり》さん（少し小さい土地だけど）鬼怒川《きぬがわ》の土地
⑦　僕の愛犬バッカスの主治医の堂上《どうじょう》先生と、散歩をしてくれた堂上先生の息子の亮《りょう》くん、バッカスの躾《しつけ》をしてくれた佐々木《ささき》さん、バッカスのブリーダーの井上《いのうえ》さん、バッカスのブリードのための土地を用意してくれた中田《なかた》さん、中田さんの土地の管理をしていた管理会社の社長の鈴木《すずき》さん　伊豆《いず》の別荘

……とまあ、延々と続く遺言を前に、篠田と私は首をかしげた。

こんな奇妙な遺言状は目にしたことがなかった。

栄治は、簡易な第一遺言と、詳細な第二遺言の、計二通の遺言状を残していた。

銀治の動画が公開されてから一週間後、遺言状の全文が、栄治の顧問弁護士のウェブサイト上で公開された。それで篠田と私は急遽《きゅうきょ》、このあいだのホテルラウンジに集まることにした。

「何をしたいのか、全然分からないわ」

私はタブレット端末の画面をスクロールしながら、呆れた声を出した。

栄治は人生の中で少しでもポジティブな関わりを持った人間をかき集めて、第二遺言に詰め込んでいるようだ。

バカなのか、お人好しなのか、どちらにしても人騒がせなことだ。

犯人への復讐云々《うんぬん》のところもよく分からない。

「お金をあげるのが復讐になるのかな。私が犯人だったら、犯行を成功させたうえで、お金までもらえてラッキーって思っちゃうよ」

篠田も小首をかしげたまま、

「うーんまあ、強いて言うなら、犯人に罪悪感を抱かせるための方策ってことかな。

お金を使うときに、殺した相手のことを毎回思い出すことになるんだろうから」

と言うが、その口調は自信なさげだ。

「でも、憎い相手を殺して手に入れたお金なら、使うときだってむしろ、負い目より
は爽快感を抱くんじゃない？」

「そうだよなあ」篠田は腕を組んだ。

私は釈然としないまま、「犯人の特定方法」の項目へ視線を移した。

「被害者本人が犯人の刑事罰を望んでいないし、誰が犯人なのか、警察には漏らさな

いってことみたいだけど」

篠田は私の言葉に頷きつつ口を挟んだ。

「そうすると、犯人は名乗りをあげても、刑事事件として罰せられないってこと？」

「そういう建前になってはいる。けれども、守秘義務なんて破ろうと思えば、いくらでも破れるよ。しかも、守秘義務自体が民法九十条の公序良俗違反で無効になるかもしれない」

「法的にはどうなの。この遺言は有効になりそう？」

「うーん、諸説あるけど、どうにかならないこともない」

歯切れの悪い答えだが、この一週間で調べた結果だった。

弁護士会の図書室に籠もって、この遺言の有効性に関する判例や学説を漁った。その中では、『犬神家の一族』という小説に登場する犬神佐兵衛《いぬがみさへえ》の遺言ですら有効だと考察する学術書もあった。今回の遺言も相当風変わりなものだけど、多少の理屈をこねればクリアできるかもしれないと考えた。

「セロハンテープと理屈は何にでも付くのよ」

口からつい飛び出したセリフは、法律事務所の上司、津々井先生の口癖だった。

津々井先生の柔和な笑顔を思い出して苛立《いらだ》った。腹立たしさに蓋をして、思考を栄治の遺言のほうへすぐに戻す。

「法的なところはどうにだってなるわ。それよりも、森川製薬はこんな珍妙な遺言に本当に付き合う気なのかな」

犯人選考会は随時予約制で、すでに受付を開始していた。遺言の指定通り、森川製薬の本社ビルが会場となっている。

手にしたタブレット端末を操作して、森川製薬のウェブサイトを閲覧した。短いプレスリリースが出ている。

要約すると、「森川家の遺産相続の紛争は、会社とは関係ありません」といった内容だ。「森川家とは、会議室の時間貸し契約を結んで、場所を貸しているだけだ」と強調されている。

それもそのはず、銀治の動画が公表されてから、遺言状全文が公表されるまでの一週間のうちに、世間では騒ぎが大きくなっていた。

自称犯人は続々と登場している。

冗談のつもりか、ＳＮＳ上で「俺が森川栄治を殺した」などと書き込んでアカウントを凍結される者もいれば、「自分が犯人だ」と交番に自首したホームレスもいた。

自首のいたずら電話が多発したため、長野県警が警告文を公表したほどだ。

『ストップ、いたずら電話！　いたずらで自首をすると、偽計業務妨害罪にあたります』

急ごしらえのポスターがばら撒《ま》かれた。

警察に対しては、捜査開始の要望が多く寄せられたという。長野県警は、明らかな病死であるから、他の多くの事件の処理との均衡も考慮して、捜査は行わない旨の声明を出している。

騒動は森川製薬にも飛び火していた。株価は暴落し、いまだにその値は安定していない。

機関投資家からは、経営陣宛ての公開質問状が届いた。森川製薬の投資家対応部門は蜂の巣を突《つつ》いたような騒ぎになっていることが容易に想像できた。

強引に取材を申し込もうとした週刊誌の記者が、森川製薬の本社ビルに侵入する椿《ちん》事《じ》も発生していた。俊足の記者が受付スペースを突破し、非常階段で十五階まで踏破したものの、結局は取り押さえられ、建造物侵入罪で警察に引き渡された。

当初無視を決め込んでいたテレビも、今となってはワイドショー番組で特集を組んでいる。これまでは噂《うわさ》を噂として取り上げるレベルの内容だったが、こうして遺言状の全文が公開されると、名指しされている社長、副社長、専務めがけて、取材陣が殺到することは請け合いだ。

社長と専務は、森川一族の一員として、お家の事情として付き合わされても仕方ない。

だが、副社長の平井は「雇われ経営者」にすぎない。森川製薬の大株主であるリザード・キャピタルから派遣された男である。森川製薬への支配を強めたいリザード・キャピタルとしては、栄治が保有していた森川製薬の株式の行方が気になるはずだから、栄治の遺言を無視するわけにもいかない。損な役回りだ。

さらに言うと、顧問弁護士も気の毒だ。

第二遺言のうち「僕を支えてくれた人たちへの遺贈」の部分を指さした。

「これだけの遺産を、これだけの人に分けるとなると、その手続きだけでも大変な作業よ。私だったら絶対やりたくない」

栄治の顧問弁護士は、長野県で「暮らしの法律事務所」という事務所に所属する村《むら》山権太《やまげんた》という男らしい。

そもそも「暮らしの法律事務所」なんていうネーミングからして嫌な感じだ。庶民の暮らしに寄り添います、といった雰囲気が出ている。金にならない仕事を沢山引き受けるタイプの、みすぼらしい事務所だろうと想像できた。

「親父さんだけじゃなく、栄治の兄さんや親戚も大変だろうなあ」

篠田が、私から受け取ったタブレット端末の画面を指さす。

第二遺言の末尾には、

『これらの人たちには、森川家の人間が三人以上同席の上、直接お礼を言って、財産を渡して欲しい』

と書き添えられていた。

こうなると、森川家の親族総出で対応してもてんてこ舞いになるに違いない。

「なんでこんなに大袈裟なことをするんだろう?」

私が漏らすと、篠田は「うーん」とうなった。

「栄治って大袈裟なところはあるけど、決して自己中心的な人間ではなかった。こうやって周囲の人を振り回すのは、違和感があるよ」

私は黙って頷いた。以前、消しゴムを貸して欲しいと頼むと、気前よく筆箱ごと貸してくれたことを思い出した。確かに栄治は、優しい男だったのだ。ちょっとやり過ぎかもってくらい。

二通の遺言状を見つめ直す。

どれも角張った文字だ。栄治の自筆のはずである。こういう筆跡だったっけ、と疑問に思ったが、栄治がどんな字を書いていたのか全然思い出せない。手紙のやり取りでもしない限り、恋人の直筆なんて見ることはないから、当然といえば当然だ。

「ねえ、これ」篠田が丸々とした指で、遺言の末尾を示した。

「遺言状の作成日付を見てよ。第一遺言が今年の一月二十七日。第二遺言は、その翌日の二十八日になっている。栄治が亡くなったのは一月三十日の未明だから、死亡する三日前と、二日前に作成されたことになる。なんだかタイミングが良過ぎないか？」

確かに篠田の言う通りだ。栄治は死期を悟っていたのだろうか。

「インフルエンザで死んだってことだから、死亡する二日前や三日前には熱に浮かされていて、このまま死んでしまうと確信していたのかしら」

「それだと、明らかに病死なんだし、犯人云々っていう遺言内容になるのは変だよね」

「殺されるのを予期していたって言いたいの？」

訊いておいて、自分でも馬鹿らしい考えだと思った。篠田ももちろん答えを持ち合わせているわけではない。

私たちは色々と考えをめぐらせたものの、結局、よく分からなかった。情報が少なすぎるし、この状態で考えても仕方ない。

「ところで、栄治の死亡診断書はどうなったの？」

栄治の死因を確かめるために、死亡診断書を手に入れるよう、篠田に指示していた。

だが篠田は、

「死亡診断書って、三親等以内の親族しか発行してもらえないみたいなんだ。栄治の親族に『死亡診断書を貸してください』なんて頼めないよ」

などとこぼして、なかなか動こうとしていなかったのだ。

世間では続々と自称犯人が現れていた。犯人として十分に適格な者が現れた時点で、早々に打ち切りになってしまう可能性がある。選考委員として名指しされた三人の役員は、いつまでもこんな茶番に付き合いたくないはずだ。時間はあまりない。これまで何度か篠田に電話をかけて、死亡診断書の入手を急《せ》かしていた。ラウンジの柔らかいソファに身を沈めてうつむいている篠田の様子を見ると、さしたる進捗はなさそうだ。

「一刻を争う事態よ。栄治の主治医には当たってみた?」

篠田はうなずいた。

「栄治の主治医の浜田《はまだ》先生は、院長選が近いとかで、なかなか会えないんだけど」

「そんなこと言ってないで、なんとかして――」

説教を始めようとしたところで、篠田が鞄から一枚の書類を取り出した。

「これだ」

栄治の死亡診断書だった。

「浜田先生は院長選に出馬予定で、それに向けてお金が必要だったみたいなんだ。それで、僕は多少ならお金を持っているからね」

買収を悪く思われたくないようで、篠田は何かと言い訳を重ねていたが、私の耳には入ってこなかった。

それよりも、篠田が浜田医師を買収できたという事実そのものから、私は唐突に、この犯人選考会の攻略法を理解した。

「これは、ひょっとしたら本当に、勝てるかもしれないわよ。しょせん、ビジネスマンの考えることだもの」

篠田がけげんそうに私の顔を見つめた。

私は速まる鼓動を抑えながら、その場でタブレットを操作し、犯人選考会にエントリーした。

2

五日後、二月十七日水曜日の午後三時、品川《しながわ》にある森川製薬の本社ビルにいた。

いつもならスーツ姿の来客がまばらにいるくらいの時間だろう。本社ビルの周辺には、ハンディカメラを持ったジーンズ姿の男や、せわしなく携帯電話で話しているダウンジャケットの男などが数十人たむろして、物々しい雰囲気を漂わせていた。犯人選考会に向かう人々を撮影しようと試みる報道陣らしい。

明らかにホームレスと思われる、酸っぱい匂いを放つ老人を、数人の男が取り囲んでマイクを向けていた。明るいフラッシュが数度たかれた。

全くアホらしい話だ。あの老人と森川製薬の御曹司の間に関わりなんてあるはずがない。彼が犯人だなんて、誰も思っていないはずだ。あの老人を報道するということに、どれだけの意味があるのだろう。

そこから少し離れたところには、薄手のダウンジャケットを着込んだ女が立っていた。まだ三十代半ばくらいに見えるが、頬がこけて背が曲がっている。

女に目をつけた記者が駆け寄り、すかさずマイクを向ける。

「犯人選考会に参加されるのですかっ？」

あちらこちらで声が張り上げられ、カメラが回されている。森川製薬の正規の来客とは思えないような、小汚い格好をした訪問者は、「犯人選考会の参加者かも」と狙いをつけた取材陣に取り囲まれて、行手を阻《はば》まれているようだった。

私はごく普通の社会人として、ごく普通にスーツ姿でやってきた。取材陣に取り囲まれることもなく、人波の間を抜けて、ぐんぐん進んだ。

受付にアポイントを告げると、案内されたのはビルの最上階、二十三階の角にある会議室だった。セキュリティは非常に厳重で、会議室に着くまでにエレベーターを二度のりかえ、三種のセキュリティキーを使用する必要があった。

部屋に入ると、二十人は着席できる楕円状のテーブルを挟んで、奥に三人の男が座っている。男たちは、私が入ってきても立ち上がりもせず、あいさつもなく、手元の書類に目を落としていた。

テーブルの周りには護衛と思われる体格の良い黒服が四人いて、そのうちの一人が、

「どうぞおかけください」

と私に言った。

座っている男たちに一礼をしてから、向かい合う真ん中の席に腰を下ろした。

事前に新聞や週刊誌を読み込んで予習をしていたから、私の正面、中央に座っているのが社長の森川金治だと分かった。彼が栄治の父親である。

ネットで出回っている写真より一回り小さい印象で、言うなれば小ぶりのブルドッグ犬のような、不細工な男である。栄治とは全然似ていないから、奥さんがよっぽど美人なのだろうと想像してしまった。

金治は、失礼なくらい私の顔をまじまじと見ると、

「私が代表取締役社長の森川金治です」

とまあ、ブルドッグ犬にふさわしい、しわがれた声を出した。

金治は森川家の直系長男にあたり、原料卸業者で十年弱修業を積んだのち森川製薬に入社し、順当に出世、社長の座についた。

そして金治の姉の婿《むこ》、義理の兄にあたるのが森川定之。

私から見て金治の右隣、下座側に座っている男である。こちらは狐《きつね》のような顔をしていて、なんとも影が薄い。私はなんとなく、自分の兄の雅俊を思い出した。

「こちらは専務の森川定之です」

金治が定之を紹介する。

定之は金治に一瞥《いちべつ》もくれず、私に向かって、

「取締役専務の森川定之です」

と名乗り直した。

見た目と裏腹に、金治は質実剛健、なるべく現状を維持しながら確実に収益を上げる方法を好む。他方、婿養子の定之専務は、新規事業や新薬開発に意欲的だという。そして、これはあくまで週刊誌の情報だが、森川製薬には金治社長派と、定之専務派で派閥争いがあると噂されている。

上場企業なのに、創業者一族が役員を務めるというのも時代遅れな感じだ。けれども十人以上いる取締役のうち二人だけというのだから、まあ順当なものかもしれない。

戦後すぐに創業されて以来、七十年ちかく、森川製薬は堅実に商売を広げてきた。

ところが、二〇一〇年代に入った頃から、その業績に陰りが見え始める。ちょうど、製薬会社からの医者に対する過度な接待が禁じられるようになった時期と重なる。森川製薬の十八番《おはこ》である強引な営業手法が通用しなくなったのだ。

そしてついに数年前、経営難にあえぐ森川製薬の立て直しのために、大株主である外資系投資会社のリザード・キャピタルから送り込まれたのが、平井真人副社長だ。

私から見て金治の左隣、上座側に座っている。

この平井という男は、一見してこれはカリスマだと分かる風貌をしていた。よく日焼けした精悍な顔は、鷹《たか》を思わせる鋭さがあった。まだ四十歳になるかならないかという年齢で、六十を過ぎた社長や専務とは、親子ほど歳が離れている。

「平井です」名字だけ名乗って、私の目をじっと見た。

平井に関するインタビュー記事はネットに多く出回っていた。

キャリアのスタートは大学一年生の時に遡《さかのぼ》る。母子家庭だったこともあり、学費を稼ぐために在学中に会社を立ち上げた。もともと商才があったのだろう。この会社が一躍成長して、東証マザーズに上場。自分の保有株を徐々に売り払って、大学を卒業する頃にはひと財産築いていた。

普通であればその資産で食べていける。が、彼はどういうわけか投資会社に就職した。様々な会社の株を買い付けては、積極的に経営に関与し、その会社の株式価値を向上させて、長期的なリターンを得るという、投資会社としては典型的な業務に携わった。

立て直した会社は数知れず、今は特別顧問や社外取締役の引き合いも多いという。

そんな彼が、これまたどういうわけか、森川製薬の立て直しに名乗りをあげ、創業以来最年少の副社長に就任したのだった。

平井のような男なら、複数の会社を相手に通常のアドバイザー業務をこなしていれば、年収一億円は堅いだろう。それなのに、ほぼ専属で森川製薬の社内業務に従事するとなると、年収はグンと下がる。どうしてそんなことをするのか、私には不思議だった。

「弁護士の剣持と申します。本日はお時間をいただき、ありがとうございます」

私は背筋を伸ばしたまま一礼し、営業用の自信に満ちた笑顔を浮かべた。

金治は意外そうな表情を浮かべて、私の顔に見入った。

このくらいの世代の男は、私のような年齢と見た目の女が弁護士をしていると聞くと、驚いて失礼なくらい食いついてくるのが通例だった。そういう視線には慣れっこだ。

「本日は、どのように進めさせていただきましょうか？」

私は表情を変えずに訊いた。

「それではね、僕からいくつか質問させてもらいます」

左側の平井副社長が口を開いた。

「まず初めに、弁護士から話すように言われていることを読み上げますね。本日聞いた話は、我々役員も、護衛スタッフも含めて、守秘義務を負っています。警察に聞かれたり、裁判になったりしても他言しません。例外は森川家の人間です。適宜内容を共有してもいいことになっている。家族会議をしないと何かと結論が出ない点もあるからね。このあたりは法律的に微妙な問題もあるらしいんだけど、とにかく僕らは貝になって、部外者には何も漏らさないと。だから、安心して真実を述べてください」

　私は静かにうなずいた。

　顧問弁護士が冒頭でこの内容を告げるように指導しているのだろう。

「僕たち三人全員が『間違いなく犯人だ』と思った時点で、その人が犯人。それ以降の選考は中止します。ただ、犯人がそんなにすぐに見つかるとも思えないので、この三人のうち二人以上が、『犯人かもしれない』と思った人を一次選考通過ということにします。その上で他の候補者たちとのバランスも見て、一番犯人っぽい人を三人で話し合って決めようと思います」

　なんだか聞いていて可笑《おか》しくなるような話である。

　ビジネスマンに取り調べをさせると、就職活動の面接みたいになるわけだ。

　呆れると同時に感心してしまう。

「それで、あなたは森川栄治さんをどういうふうに殺したんでしょうか」

　すっとぼけるような口調で、平井が訊いてきた。

「殺したのは、私のクライアントです。私はそのクライアントの代理人弁護士として本日伺いました」

「なるほど、そのクライアントというのは？」

「クライアントは匿名を希望されておりますので、私は守秘義務の観点から、申し上げるわけにはいきません」

「はあ～、そんな虫のいい話があるかね」

金治が近所の居酒屋で話すような口調で横槍《よこやり》を入れてくる。

「まあまあ」平井がとりもち、

「それで、あなたのクライアントはどうやって栄治さんを殺したと？」

と尋ねる。

「こちらをご覧ください」

二枚の紙を差し出した。

一枚は栄治の死亡診断書の写しだ。

そしてもう一枚は、篠田のインフルエンザの診断書である。もちろん、篠田の名前の部分は黒塗りにしてあった。

「私のクライアントをAとします。Aは、今年の一月二十三日、軽井沢の別荘で開催された栄治さんの誕生日パーティーに出席しました。栄治さんは当時、重篤なうつ病を患っていらっしゃって、体力や免疫も相当落ちていたとか。Aは、インフルエンザの回復直後であり、自らが保菌者であることを知りながら、栄治さんに会いに行き、至近距離で飲食をともにし、歓談しました。インフルエンザを故意に栄治さんに感染させて、元から弱っている栄治さんを死に至らしめようと考えたのです。そして、誕生日パーティーの翌日、一月二十四日に至って、栄治さんは発熱。数日後、インフルエンザの診断がくだります。そうして高熱が下がらないまま、一月三十日、他界されました」

私はゆっくりと、しかし、滑らかに話し終えた。

正面で金治が腕を組んで、

「ふんっ。金の亡者め」

と、大金持ちらしからぬ悪態をついた。

「どいつも、こいつも、俺の息子を金もうけの道具にしやがって。息子はインフルエンザで死んだ。つまり病死だ。誰にも殺されちゃいませんよ」

すると、これまで黙っていた定之専務が、

「実はですね、こうやってインフルエンザの診断書と、栄治さんの死亡診断書をセットで持ってくる人が、あなたの他にも沢山いるんですわ」

と、ほとほと困り果てた様子で言った。

想定通りの流れである。

篠田がお金を積んで死亡診断書を手に入れられたなら、他の人間も死亡診断書を用意して提出することくらい、訳ないだろうと踏んでいた。

定之専務は真面目くさった顔で続ける。

「妙なことで始まった選考会ですけれど、私どもは選考委員になったからには、公正に判断しようと思っているんですよ。しかしこんな状態では、誰を犯人にするか、私どもも迷うわけですな」

狐みたいな顔をした狸《たぬき》オヤジめ。

私は内心毒づくと同時に、ほくそ笑んだ。

そうくると思っていた。

栄治の財産が犯人に譲渡されるとなると、少なくない森川製薬の株式も、犯人に帰属することになる。警察や第三者の監査も不要、役員三人で犯人を決めていいということであれば、経営上、この三人にとって望ましい者が選ばれるに決まっている。

つまり、犯人選考会とは名ばかりの、「新株主選考会」なのだ。

そもそも、この三人は一枚岩ではない。

まず、社長と専務は対立している。

そして副社長はこれまで、雇われ経営者として、森川製薬の創業者一家からの独立を訴えてきた。

独立といえば聞こえがいいけれども、つまり、無能な血族を会社から追放しようとしているのだ。そういう意味で、副社長は、社長と専務の共通の敵である。

社内は大きく、社長派と専務派、そして副社長派の三つに分かれているのである。一つの派閥に都合のいい提案をすれば、他の派閥の者が反対する。

三者が納得できるベストな提案をした者が「犯人」として新株主に選ばれるのだ。

栄治は、あの珍妙な遺言を残すことで、三派閥の対立を前提として、その分裂を防ぎ、妥協点を見つけられる人物に森川製薬の株式を託したかったのではなかろうか。

とはいえ、そうであるなら殺人とか犯人とか、そういった物騒なことを言わずに、もっとひっそりと行うこともできたはずで、この点は奇妙である。実際、殺人とか犯人といったキャッチーな内容が含まれていたからこそ、森川製薬の周辺にマスコミが殺到している。役員、社員らにとっては、相当に迷惑だろう。

特に社長、副社長、専務の三人は、公私の境なくマスコミに追い回されている。一言もコメントをせずに逃げ回る三人の映像がお茶の間に流れるたび、森川製薬の株価が下落するのであった。

そんな迷惑を被ってでも、三人は犯人選考会に参加する。他の者たちだけで新株主を選出されては、派閥争い上、不利になってしまうからだ。

「こちらの資料をご覧ください」

鞄からもう一つの書類を取り出して、三人に配った。

役員らの目の色が変わるのを感じた。

「私のクライアントが御社の株式を取得した暁には、以下のような議決権行使を行う予定です。まず、御社が再来年に発売予定の筋肉補助薬マッスルマスターゼットについてですが」

役員らは前のめりになって、私の作成した資料に目を落としている。

今後の中期的な経営戦略について、ごく中道的で、三者誰にとっても邪魔にならないプランを、かいつまんで説明した。

例えば、新薬マッスルマスターゼットは、業績の低迷する森川製薬の期待の新製品として、定之専務が主導して進めているプロジェクトだ。

バイオベンチャー企業である、ゲノムゼットという会社と共同研究の末に開発された筋肉補助薬で、最新のゲノム編集技術が盛り込まれている。なんでも、マッスルマスターゼットを静脈注射すれば、その人の遺伝子情報が編集されて、筋肉のつきやすい体質に変化するというのだ。もっとも、長期的なリスクが読み切れないため、実用化はずっと先だと噂されていた。

ところが去年の秋ごろ、森川製薬が「シニア向け筋肉補助薬」としてマッスルマスターゼットを発売予定であることを発表したのだった。シニア向けに、衰えた筋力を補助する目的でのみ、ゲノム編集を行うという理屈をつけて、厚生労働省に話を通したらしい。

新薬発売のプレスリリースにより、低迷気味であった森川製薬の株価は一気に高騰して、史上最高値を記録したことは、経済新聞の一面で大きく報じられた。

これは専務派にとっては大きな功績で、将来の社長交代への強いアピールになった。金治からすると面白くない話だろう。しかし、対平井副社長という観点では、森川一族のプレゼンスを高めるいい材料だ。

平井副社長の立場からは、森川一族が幅をきかせるのは避けたいが、会社の業績が上がること自体は歓迎である。

三者三様の思惑の中道をとるプランとして、私は平井副社長の息のかかった部門に新組織を発足させ、マッスルマスターゼットの販売部隊を置くことを提案した。

平井副社長からすると、金のなる木を手元に置くことで、森川一族を牽制《けんせい》することができる。

金治社長にとっては、専務との勝負を棚上げにできる点が喜ばしい。

他方、専務派は功績をかすめ取られたことにはなる。だが、派閥間の争いで発売にこぎつけられないという最悪の事態は避けられる。専務派が主導したプロジェクトであるという事実が消えない以上、社長派・副社長派に対して恩を売ることには成功する。

森川家が抱えている派閥争いの種について、こうやって一つずつ落とし所を提案していった。

「これらの内容については、正式に株主間協定を締結して、契約上の義務として、お約束させていただきます」

私が話し終わると、平井副社長は冷やかすように「ヒュッ」と口笛を鳴らした。

「なるほど、なるほど。よく考えられているな。このプランは、君が考えたのかね?」

「いいえ、クライアントの意向です」私は表情を変えず答えた。

「弁護士ってのは嫌な人種だなあ」

平井副社長は、愉快そうに笑って、

「僕は、君のクライアントが犯人ってことでいいと思う」

と言った。あっさりとした口調だ。

「ちょっと、待ってくれ」

隣から金治社長が声をあげた。

「これについては、至急、顧問弁護士と相談したい。君、ええと」

「剣持です」

「剣持先生、少し別室で待っていてもらえないか。時間が大丈夫だったら」

流石《さすが》に慎重派の金治社長だ。すぐに弁護士に確認をとって、私の説明に穴を見つけ次第、突き返すつもりだろう。

「もちろん、私は構いません」

そう言うと、私は立ち上がり、黒服の護衛に促されるまま会議室から退出した。

その間、定之専務は蛇のようなヌメっとした目で私を見つめるばかりで、一言も発しなかった。私は胸の内に、少し苦味のある不安を感じた。

3

フロアの異なる会議室に一人通されて、三十分待った。

お茶は出されていたけれども、ただ待たされるのであれば軟禁に近いなと思い始めていたとき、部屋の扉が開いて、この部屋に案内してくれた受付の女性が入ってきた。

彼女は申し訳なさそうに一礼をして、

「もう少々お待ちいただいてもよろしいでしょうか。差し支えなければ、弊社のカフェテリアで使用できるミールクーポンをお渡しいたしますので、どうぞおくつろぎになってください」

と、紙幣くらいの大きさの紙切れを手渡してきた。

多少の残務はあるものの、私はすでに今日の山は越えたつもりでいた。

そこで、ごく気軽に、甘い物とコーヒーで一服しようと思った。法律事務所には食堂やカフェテリアがない分、たまに訪れるクライアントのオフィス内で社員食堂を利用する機会に恵まれると、わけもなく楽しい。

私が所属していた法律事務所は四百人以上の弁護士を抱えている。森川製薬に関連する仕事をしたことのある弁護士もいるだろう。しかし、私は担当したことがなかったし、社内に入るのも初めてだった。社員の雰囲気を見るにもちょうどいい。私は、二つ返事でカフェテリアに向かった。

本社ビルの十二階のフロア全体が、カフェテリアになっていた。大型ショッピングモールのフードコートのように、壁一面にぐるりと様々なジャンルの飲食店が入っている。

中央に広がる座席は、森川製薬のブランドカラーであるライトグリーンをベースにポップな色調で統一されていた。

私は聞き耳を立てて、遅めのランチや早めの夕食をとったり、カジュアルなミーティングをしたりしている社員たちの席の間を歩いた。

たいていは四月からの部署異動の話だったり、今期のボーナスの見込みだったり、上司の悪口だったり、そんな他愛のない話だ。

その中で、ふと、周囲の雑音から浮き出るように、はっきりとした声が聞こえた。

「じゃあ僕は行くから。またあとでね」

栄治の声だった。

そんなはずはない。栄治は死んでいる。

しかし、本人と聞き違うほど、栄治にそっくりの、低い美声だ。

私はとっさに周囲を見渡したが、声の主らしき人は見つからなかった。

心臓がどくどくと音を立てている。

自分でもびっくりした。こんなにびっくりしている自分に、びっくりだ。

何年も会っていないし、会いたいとも思っていなかった相手なのに、こうやって声を聞くと、急に鮮明に、栄治と出会った頃の記憶が蘇《よみがえ》ってきた。

栄治は同じ大学の、二学年上の先輩だった。

もっとも、二年連続で必修科目の単位を落として、再々履修生として私のクラスに交じって授業を受けていた。授業を受けていたといっても、つまり単に席に座っていたという意味で、栄治は授業中ほとんど寝ていて、内容など何も理解していないようだった。

そして試験の直前になって、今回単位を取れないと留年してしまうと、席の近い私に泣きついてきた。仕方なく私が自分のノートをコピーさせてやったことで、付き合いが始まった。

最初は栄治からの猛烈なアプローチに戸惑った。私は身なりのせいなのか物言いのせいなのか、たいていの男の子には「怖い」と敬遠される。ごくたまに、「むしろ僕はいじめられたい」という感じの男の子が遠慮気味に寄ってくることはある。しかし、栄治みたいなスーパーポジティブでナルシストな男が、私に対して一切卑屈な気持ちを抱かずにぶつかって来るのは珍しかった。話してみると嫌味がなくて清々しい気分であった。

「そんなに私のことが好きというけれど、私の何が好きなの?」

と栄治に訊いたことがある。栄治はけろりとした顔で、

「優しいところ」

と答えた。

変な話だけど、私はそれで、栄治と付き合うと決めた。

栄治の答えが妙に私の心に染みて、嬉しかったのだ。

優しいなんて、ありきたりな褒め言葉だと思うだろうか。しかし、私はそれまでの二十年間、一度も他人から「優しい」と言われたことがなかった。

美人、きれい、頭がいい、スタイルもいい、運動もできるんだ、そういう褒め言葉ばかりを投げつけられてきた。私の持っているものや能力ばかりが褒められて、私の中に美徳や善良さを見出してくれる人に出会ったことがなかったのだ。

だからきっと、優しいでなくても、正直者とか、律儀とか、慎み深いとか——全然当てはまらないけれども——そういう褒め言葉だったとしても、嬉しかっただろうと思う。

「栄治のほうが優しいじゃん」

と私が言うと、栄治は首を横に振って、

「僕のは違うよ。麗子ちゃんみたいな人が、いちばん優しいんだ」

と言った。

その栄治が、もうこの世に存在していないのかと突然気づき、私はがく然とした。

栄治のどこが好きだったかと問われるとまずは顔がかっこいいところだし、それ以外にいいところというと、美声であることくらいだった。そもそも付き合って三ヶ月目で、よく分からない飲み屋の女と浮気をしたクソ男だったのだ。

それなのに、別に嫌いになっていないどころか、どこか憎めない気持ちでいるのは、やはり根底のところで何か惹《ひ》かれるものがあったのだろう。

あんな男でも死ぬとちょっぴり悲しいものだなと思った。

それでも涙がこぼれたりしないのは、彼と私の人生はほんの少しが重なっただけだからだ。一人前に悲しむ資格もない。

私はぼんやりとカフェテリアを歩いた。手近な店でコーヒーを買って、すぐそばの席に座った。普段ならドーナツも合わせて買っていただろうけど、どうも、そういう気分になれなかった。

コーヒーを片手にぼんやりしていたのは、ほんの数分のことだと思う。

ブブブッとポケットの中に入れた携帯電話が震えて、私は我に返った。

知らない番号である。不審に思いながらも電話に出ると、

「もしもし？　麗子さん？」

と若い女の声がした。

「私、優佳です」

優佳、優佳。聞き覚えがあるような、ないような。

「ほら、この間お会いした雅俊さんの婚約者です」

「ああ、優佳さん」急に記憶が蘇った私は言葉を被せた。

すっかり忘れかけていたが、先日実家で紹介された兄の婚約者の優佳だ。

上出来な豆大福みたいな地味な見た目だけど、けっこう性格は良さそうだったあの人。

「優佳さん、どうして私の連絡先を知っているの？」

私と優佳は先日一度会ったきりである。連絡先は交換していない。

「雅俊さんに訊いたの。今度、お義父さんの還暦祝いをするために麗子さんに連絡を

取る必要があるからと言って」

「お父さんの還暦なんて、まだ何ヶ月も先じゃない」私は口を挟んだ。

「それは本題じゃないのよ。麗子さん、今ちょっと時間あるかしら。私、もう、どうしていいか分からなくて」

優佳は私に時間があるかどうかを本当に確認するつもりはないようで、間髪をいれずに話し続けた。

「雅俊さん、もしかして浮気しているんじゃないかと思って」

予想外の優佳の言葉に、私は思わず吹き出しそうになった。

あんな地味で冴えない兄貴が浮気なんてできるわけがない。

「最近様子がおかしいの。帰りは遅いし、急に出張が増えたし。この間なんて、ポケットから帝国ホテルのレシートが出てきたのよ。訊いても仕事だとか残業だとか付き合いだとか言うばかりで。麗子さんからも探りを入れてみてくれないかしら」

優佳は深刻な調子で話し続ける。

その話を聞いていたら、さっきまでセンチメンタルな気分に浸っていた自分がアホらしくなるくらい、気分が持ち直してきた。

「いやいやいや、優佳さん。ちょっと失礼ですけどね、兄に浮気は無理だと思いますよ。杞憂《きゆう》ですって」

と、なだめながら、ほとんど吹き出しそうになっていた。雅俊には彼女とか結婚という言葉すらしっくりこないのに、いわんや浮気だなんて——。

優佳と電話越しで話しながら頭が冷静になってきた私は、腕時計で時間を確認すると、もう午後四時半だ。

カフェテリアに来てから三十分が経《た》とうとしている。社長らとの面談を中座してからだと一時間。そろそろ係の人が呼びにきてもおかしくないのだし、兄の婚約者のよく分からない心配事に付き合っているほど暇じゃない。

ちょうどその時、正面から、

「あなたが剣持麗子ねッ」

と、ほとんど叫ぶような声がした。私は驚いて、優佳の電話を切ってしまった。

私の座っている席の正面に、仁王立ちのお手本のような格好で、若い貧相な女が立っていた。

そう、貧相。その言葉がぴったりだ。

歳は私よりちょっと下、二十代半ばのように見える。

長く垂らした髪の毛は、伸びたラーメンのようにカールが取れかかっているし、骨張った体が薄ピンク色のワンピースの中で泳いでいる。バサバサとした付けまつげが和風の顔立ちをより際立たせてしまっていて、私は思わずその女の顔をじっと見た。

女は私の返答を待たず、

「あなたも栄治さんの元カノなのよね」

と切り込んできた。

あなたも、ということは、この女も栄治の元カノなのか？

しかし、この女も栄治の元カノだとすると、栄治は相当な雑食ということになる。

私はそもそも元カノがどうとかといって嫉妬するタイプではないのだけど、他の元カノが微妙だと、私も微妙な女の仲間入りをしたみたいで落ち着かない気持ちになってくる。

手のひらで携帯電話がブブブッと鳴り始めたが、どうせ優佳が掛け直しているのだろうから、とりあえず無視をした。

「ええと、あなたは？」

と私が尋ねると、女はふんぞり返って、

「私は森川紗英《さえ》。栄治さんのいとこです」

と、何か大きな宣言をするような調子で名乗った。

「私、あなたにちょっと、話があるんだけどッ」

紗英と名乗る女の声が大きいせいで、周囲の社員が遠巻きにこちらの様子をチラチラとみている。私はなんだか居心地が悪くて、まずはこの場を収めようと、

「どうも、紗英さん。お掛けになったら」

と、私の隣の席を勧めた。

正面の席を勧めると、この大声で話し続けそうだから、隣り合わせにしっぽり話したほうが良いだろうと思った。

「お掛けになったらってね、うちの会社はあなたの自宅じゃなくってよ」

と文句を言いながらも、丁重に対応されたことで勢いが削《そ》がれたのか、紗英は素直に私が座っているソファ席のすぐ右に腰掛けた。

森川という苗字《みょうじ》で、栄治のいとこということは、森川金治の姪《めい》ということになる。金治には姉と弟がいるが、弟の銀治は未婚だったはずだ。そうすると、この紗英という名の全くサエていない感じの女は、金治の姉の娘、先ほど会った定之専務の娘ということだろう。

「さっき、金治おじ様から連絡があって、富治《とみはる》さんと一緒に駆けつけたのよ。拓未《たくみ》お兄ちゃんは来られなかったのだけど」

外部の人間に対して、自分との関係性の中での呼称である「おじ様」だとか「お兄ちゃん」だとかいう言葉を発してしまうあたりに、どんなに粧《めか》し込んでも拭いきれない幼さを感じる。

富治は金治の長男で、栄治の兄だ。森川製薬の経営に全く関わっていない長男として、週刊誌に紹介されていた。

拓未という名前は初めて耳にしたけれど、文脈から考えると、紗英の兄、定之専務の息子ということだろう。

「金治おじ様は大急ぎの様子だったわ。栄治さんの遺産の取り扱いについて相談したいんだって」

と誰に向かってというわけでもなく話す紗英を横目に見て、このくらい口の軽い女であれば、上手く使えば便利かもしれないと思った。もちろん、全方位的に口が軽いとすると、諸刃《もろは》の剣で私にとって都合の悪いことを吹聴《ふいちょう》する可能性もあるのだけれど。

「それで紗英さんはどうしてここに？」

私はすっとぼけた感じで訊いた。

「どうしてもこうしてもないでしょうがッ！」

と、紗英が急に大きな声を出すので、周囲の何人かが振り向いた。私は穏やかに微笑んで、とりたてて何も起きていないという雰囲気を繕った。

「金治おじ様から、犯人の代理人としてやってきた女の名前を聞いて、私びっくりしたわ。あなた、栄治さんの元カノでしょ。栄治さんの遺言の中に、元カノたちへ軽井沢の土地と別荘を遺贈するって内容があったじゃない」

紗英は早口で続ける。

私は勢いにおされたまま、頷いた。確かにそういった内容が記載されていたが、篠田の代理人としての仕事にかかりきりだったので、私はさして気に留めていなかった。

「私、栄治さんをたぶらかした女たちってどんな奴等だろうと思って、村山弁護士の隙をついて栄治さんの『元カノリスト』をコピーしたのよ。ほら」

紗英は、A4サイズの紙を一枚取り出して、机の上に置いた。

そこにはざっと十数人の女の名前が並んでいる。

楠田《くすだ》優子《ゆうこ》、岡本《おかもと》恵理奈《えりな》、原口《はらぐち》朝陽《あさひ》、後藤《ごとう》藍子《あいこ》、山崎《やまざき》智恵《ちえ》、森川《もりかわ》雪乃《ゆきの》、玉出《たまで》雛子《ひなこ》、堂《どう》上《じょう》真佐美《まさみ》、石塚《いしづか》明美《あけみ》……。

リストの中に栄治と同じ「森川」姓の女がいて、私は一瞬目を留めたが、名前を見ると「雪乃」であって、私の目の前にいる女とは別人のようだった。

「ほら、ここ見て。剣持麗子って、あなたでしょ」

紗英は、紙の一部を指し示す。

確かにそこには私の名前があった。

そのこと自体、私は少なからず驚いた。

三ヶ月交際しただけの男のことを、私は大っぴらに元カレとは言えないし、例えば元カレの数をカウントするときも栄治は数に入れたりしない。

しかし、栄治のほうは期間にこだわらず「みんなオレの元カノ」だと思っていたのだろう。そのあたりが、どうも呑気《のんき》な男の性質のような感じがして、うんざりすると同時に、ちょっと笑える。

「私、どうしてもあなたに、ひとこと言いたくって。家族会議は欠席して、あなたが居るっていうカフェテリアにわざわざやってきたのよ」

紗英が持っている元カノリストには名前しか載っていない。それにもかかわらず、この広いカフェテリアで私を見つけ出したということは、私の顔かたちを事前に調べていたのだろう。今の時代、ＳＮＳをたどればある程度調べられるし、猪突《ちょとつ》猛進な感じのこの女なら、そのくらいはやりそうだなと思った。

「だいたい、お金のアレコレなんて私は興味がないから、家族会議はいつも面倒なのよね」

紗英は、むっとした表情で私のほうを見た。

「あなたみたいな人、許せない」

その瞬間、パッと瞳が輝いた。やはり貧相な顔つきだけど、小さい黒目に、テコでも動かないぞという頑固さを感じた。

「栄治さんの元カノだったら、栄治さんが亡くなって、悲しいはずでしょう。それなのに、代理人だとか弁護士だとか、そうやってお金もうけしようっていうんだから」

紗英の目が熱く潤《うる》んでいるのが分かった。それでも、嫌いな女の手前、絶対泣かないぞと決めて、涙が落ちるのをこらえているように見える。

私は紗英の言葉を聞いて、道義的には確かにそうだよなあと思いつつ、自分の気持ちや感覚としては腑《ふ》に落ちない感じがした。

栄治が死んで、私なりには悲しい。だけど、それと仕事とかお金もうけとかは、別のエンジンで動いている仕組みであるような気がしている。栄治の死が悲しいから、栄治の死に関係する仕事をしてはならないというふうにはつながらないのだ。

「しかし、これも仕事なので」

私は定番の返しをした。

刑事事件で被告人の代理人になると、稀にこういう場面に遭遇することがある。被害者やその家族から「よくもそんな悪人のために働けるわね」と悪魔の手先のようにののしられるのだ。

「親しかった人が亡くなっているのよ。まともな神経をしていたら、いくら仕事だっていっても、どうしても抵抗感があるものじゃない」

「はあ……確かに」

紗英の言葉を聞きながら、確かに自分はまともな神経ではないのかもしれないと思った。

私は普通の人間と違うかもしれないし、だからこそ普通の人間にはできない仕事ができる。だからいいのだと開き直るわけでもない。かといって、そういう性質だから仕方ないのだと言い訳をするわけでもない。

紗英のような人間を感情的すぎると切り捨てるつもりもない。むしろちょっと羨《うらや》ましくもあるのだ。

「あなたね、今度の軽井沢の物件の引き渡し、まさか来るわけじゃないでしょうね」

「物件の引き渡し？」

私は見当がつかず、訊き返した。紗英は、

「全く、あなた、何も知らないのね」

と言いつつも、私が知らないことを自分が知っているのは気分が良いらしく、

「来週末の土曜日に、軽井沢の物件の引き渡しがあるのよ。村山弁護士のウェブサイトに告知が出ていたでしょう」

と続けた。

紗英が現実的な話題を持ち出したので、私の頭はさっと冷静な思考に切り替わった。

確かに、「暮らしの法律事務所」のウェブサイトには、それぞれの遺贈を受ける人向けの引渡日の記載があった。元カノたちの集いの日程も出ている。

この集まりに参加すると、軽井沢の不動産の共有持分がもらえるようだ。

私は地番からだいたいの資産価値を調べていた。土地と建物を合わせて一億円ほど

だった。仮に集まりに参加する元カノが十人だとすると、ひとり一千万円。税金とか手続費用とか、実際に換価するまでの手間代とかを差し引けば、実際の実入りはせいぜい五百万円くらいのものだ。

ちょっとした臨時収入ではあるけれど、篠田の代理人として遺産をもらうほうが圧倒的に効率はいいのだし、篠田との仕事の邪魔になるようだったら、元カノの集いのほうは参加しなくてもいいなとすら思っていた。

「まだ決めていないのだけど――」

そう言って顔を上げると、私を見つめる紗英の視線とかち合った。

紗英の細い目から、不意に、蛇のような定之専務の視線を思い出した。

平井副社長は、私のクライアントを犯人に選んでくれそうだ。金治社長は、大袈裟に騒いでいるけど、もう一押しすれば、いずれ手中に落ちると思う。

そうすると、やはり懸念は定之専務だった。そして、ちょうど私の目の前には、ちょっと頭の弱そうな、専務の娘、紗英がいる。ここを突いていったら、何か専務の弱みを握れるかもしれない。

私は慎重に言葉を選んだ。

「紗英さんは、大勢の元カノたちと違って、栄治さんの御身内でしょう」

紗英の小ぶりな鼻がピクリと動く。

紗英が栄治に対して、親戚関係を越えた、特別な感情を抱いているのは明らかだった。親戚だからこそ、栄治とは距離を縮められなかった。その分、私のような元カノが憎いのだろうと想像がついた。

「軽井沢の物件の引き渡しでは、紗英さんは森川家側で参加するのかしら？」

紗英は一瞬、それは考えていなかったという、驚いたような表情を浮かべたが、すぐに、

「それはそうね。栄治さんをたぶらかした女たち――いいえ、栄治さんと多少はご縁のあった女性たちに対して、私のほうからも御礼を言わなくちゃいけないものね」

と言う。私は軽くうなずいて、

「それじゃ私も行くわ。紗英さんみたいな女性が出て行ったら、栄治さんの元カノたちに嫉妬されて、虐《いじ》められてしまうかもしれないし、心配だもん」

と恥ずかしげもなく言い放った。

「ええ、それは、そうね。確かに」

「私、口喧嘩なら強いほうだから、変な女が紗英さんにケチつけるようなことがあったら、代わりに言い返してやるわね」

「まあ、それは。よろしく頼んだわ」

紗英は私の勢いにおされるように小さくうなずいた。

第三章　競争的贈与《ポトラッチ》の予感

1

結局、その日は散々待たされた挙句、平井副社長と金治社長は、私のクライアントが「犯人である可能性が高い」と述べたが、定之専務の異議により「判断を保留する」となった。

この結論を伝えるだけなら私を留め置かなくても良かったのではと思うけれど、エグゼクティブに限って、目下の者の時間を奪うことに遠慮がなかったりするものだ。

何はともあれ、この着地点は想定通りであったし、私は一安心した。

まずは三人中二人からオーケーが出たので、平井副社長の言うところの「一次選考」は通過したということになる。

そして、十日後の二月二十七日土曜日、私は軽井沢に来ていた。

よく晴れた青空で、太陽は高く上がっている。空気は乾燥して、かなり肌寒かった。道の脇には雪が厚く積もっている。ブーツを履いてきて正解だった。

駅前でタクシーを拾って、行先の住所を告げると、運転手は勝手知ったる口調で、

「ああ、森川さんのところの屋敷ですね」

と言った。

「いつ行っても見事な屋敷ですよ。東側に面している正面玄関のところに、ステンドグラスがはめ込まれていてね。早い時間だと、朝日がかかって本当に綺麗なんです。十二になるうちの娘を車に乗せて前を通ったら、『私もああいうお城に住みたい』なんて言い出してねえ」

運転手の一人語りをＢＧＭに、狭い山道をボコボコと揺られながら十五分ほど走り、山を抜けて、ちょっとした田園風景が広がる盆地に出た。

ひとつひとつの田んぼは相当広い。今は冬だから、見渡す景色も真っ白で寂しげだが、夏になったら一面の緑の絨毯《じゅうたん》が美しく波打つのだろうと思われた。

「もう少しで着きますよ」

と運転手が言ってから、さらに十五分間走ったところで、栄治が遺した別荘に着いた。

鉄製の門扉の先には、石張りのアプローチが続き、周囲にはゆったりとした庭が広がっている。芝生や木立の管理が大変そうだと思った。

石造りの二階建てで、確かに見ようによってはお城のように見える。昭和中期には建っていたであろう、それなりに古い建物のようだ。建築面積は二百平米ちょっとだろう。

背の高い玄関ポーチの上部に、ステンドグラスがドーンと広がっている。ステンドグラスにはなんだか綺麗なオレンジ色の花が形作られている。もっとも、花の名前に詳しくない私は、それが何の花なのか全然分からなかった。

周辺一帯は高級別荘地になっているが、必ずしも別荘としてではなく、金持ちの隠居先やセカンドライフの舞台として選ばれることも多いらしい。

それぞれの住宅には広い庭があって、敷地の境目は植木で大雑把に仕切られている。このくらい広大な土地があれば、隣家が境界を少しはみ出したとか、そういったことでの紛争も少なそうだ。

車を降りて、庭に続く門を開けると、

「ウワンウワンワンワン！」

と、それはもう、すごい勢いで犬が吠《ほ》える声がした。

見ると、庭の端に、都会の大学生が一人住めそうな、広々とした木製の小屋があった。その入り口に、大型犬がつながれている。何という種類なのかは知らないが、栗色の毛並みも豊かだし、なんだか絵になる立ち姿だから、血統書付きの高い犬だろうと想像した。

犬は一心不乱に吠えている。もちろん私に対して吠えているのだろうけど、私は元々動物に嫌われがちだから、特に気にすることもなく、庭を突っ切った。犬はリードを限界まで引き伸ばして、今にも私を成敗しようという勢いだが、悲しいかな、リードは頑丈に結んであるようで、私は余裕しゃくしゃくで玄関に着いた。

呼び鈴を鳴らすと紗英が私を出迎えた。

土間から奥をのぞき見ると、玄関ホールより先は、ダークブラウンの木材でできているようだった。良く磨かれたフローリングの上に、クラシックな感じのえんじ色の敷物がのびている。

「バッカスは麗子さんに対しては吠えるのね」

紗英がクスクス笑って言った。

この女は犬が吠えるかどうかですら勝ち負けを決めたいのだろうかと思いつつ、靴を脱いでいると、今度は前方から、

「バッカス、お散歩だよ！」

と叫びながら、四、五歳くらいの男児が突進してきた。

靴を脱ぐために片足をちょっと上げていたところだったので、男児の身体が私の肩へぶつかった衝撃で、そのまま後方にこけてしまった。

私は無言で倒れたが、見ていた紗英が「きゃっ」と声をあげた。

屋敷の奥から、四十代前半くらいの身綺麗な男が小走りで出てきた。

「すみません」

ツイードで仕立てたスーツをきちんと着こなしていて、貴族が狩りに行くときのよ

うな洒落《しゃれ》た格好だ。

「こら、亮、謝りなさい」男が厳しい口調で言う。

亮と呼ばれた男児は、私を遠巻きに見ながら、ごく小さい声で、

「ごめんなさい」

と言った。おずおずと後ろ歩きで私から遠ざかっている。

私は子供にも嫌われるというか、怖がられる性質で、滅多に泣かない赤ちゃんも私が抱っこすると激しく泣き始めるほどであるから、男児が後退《あとずさ》りするくらいではイラつかない。

私が子供に嫌われていることが紗英にとっては愉快だったらしく、

「そのおばさん、弁護士だから、怖いわよ～！　亮くん、訴えられちゃったりして」

と茶化すようなことを言う。私はとっさに、

「おばさんって何よ」

と紗英に言い返したが、亮は紗英の言葉を真に受けて、

「う、うったえ、ないでくだしゃい」

とベソをかきはじめた。

こんなんだから子供は嫌いなんだよと思った。

だが、亮の泣き面を見ているうちに、どうしてだか栄治の面影が重なった。一緒に

観に行ったつまらないB級映画の、大して盛り上がっていないシーンで栄治が号泣して、私はかなり引いたのだった。

「ごめんなさいね、お嬢さん」

ツイードスーツの男が、玄関に転がった私の鞄を取り上げて、持ち手や側面についたホコリをはらって、手渡してくれた。

「堂上先生、気にしなくていいんですよ」なぜか紗英が口を挟む。

「麗子さん、こちらバッカスの面倒を見てくれている獣医の堂上先生と、息子さんの亮くんよ。お隣に住んでいて、毎日散歩や世話に来てくれているの。あなたよりもよっぽど長い時間を栄治さんと過ごしているんだからね」

紗英は何かと張り合って私を下に置かないと気が済まないようだ。

堂上は人当たりの良さそうな丸い顔を崩して、「とんでもない」と言いつつ、紗英と私に頭を下げ、出ていった。

しばらくしてバッカスの吠える声がしなくなった。亮が言っていた通り、散歩に出たのだろう。

「堂上先生はカッコよくて良い人なのよね。いつもおしゃれだし、優しいし」

紗英の頰がほんのり赤くなった。栄治の話をするときほどの情熱はないものの、堂上のことも相当気に入っている様子に見えた。

「でも先生の奥さん、真佐美さんっていうのが、すっごく嫌なやつだったの。私、イジメられて」

紗英は私に同調を求めるような口調で言う。

「でも、その真佐美さんも重い病気になって、四年前に亡くなっちゃったから、私も大っぴらに真佐美さんの悪口を言えなくなって、困っているのよね」

紗英はすねたように口を尖《とが》らせた。

死人を悪くは言えないという、紗英なりの線引きがあるらしい。幼稚なわりに、変なところでは真面目な女だなと思って、私は紗英を少しだけ見直した。

玄関から入ってそのまま奥へ進むと、二十畳ほどのひろびろとしたリビングルームがあった。

吹き抜けで天井が高い。奥にヒーターがあり、中央に、ちゃぶ台を大きくしたようなコーヒーテーブルが置かれている。テーブルを囲うように、革張りのソファが三つ。リビングルームに敷かれた薄手の絨毯にはホットカーペットが下敷きされているらしく、足をつけるとじんわりと暖かい。

リビングルームからひと続きになった四角い空間にはダイニングセットが置いてある。

ヒーターから一番離れた下座と呼んで良さそうな席に、黒いパンツスーツを着た女が背筋をピンと伸ばして腰掛けていた。

「この人が原口朝陽さん」

紗英はパンツスーツの女を手のひらで示し、私のほうを振り返って、

「で、こっちが剣持麗子さん。二人とも喧嘩したければご自由に」

と言い残して去っていった。


私はヒーター近くのソファに腰掛けて、朝陽と呼ばれた女をちらりと見た。朝陽のほうも私を見た。私たちの視線は一瞬かち合った。

黒い短髪で、丸顔に丸い目、丸い鼻がついた、なんとも愛嬌《あいきょう》のある女だ。

身長はそう高くないが、姿勢が良いためか、独特な迫力があった。肩幅や太ももがガッチリしていることは、彼女が着ている黒いパンツスーツの上からも見てとれた。

何かのスポーツに本格的に取り組んでいたのではないかと思わせる体つきだ。

名は体を表すというけれど、確かに朝陽という感じの、はつらつとした健康的な女性である。

「どうも、原口朝陽です。栄治さん付きの看護師をしていました」

朝陽は少しかすれた声で言った。

うっかり栄治の元カノの一人かと思っていたものの見当違いだったかと思っている

と、

「最後のほうは栄治さんの恋人でもありました」

と朝陽は自己紹介をした。

あとで紗英が補足してくれたことには、朝陽はもともと、信州総合病院から派遣されていた看護師だったという。それがいつの間にか、栄治と付き合っていた。女好きの栄治なら付き添いの看護師に手を出すくらい、十分にありそうなことだと思った。

私も名前を名乗った。それに続いて話すことは特になく、私たちはそれぞれ黙っていた。元カノ同士が顔を合わせれば喧嘩をするだろうというのは男の妄想に過ぎない。互いを探るように目線を交わしたとしても、お互い大人なのだから、何も起きるはずがない。もちろん、紗英のような気性の荒い女は別だが。

ヒーターに手のひらをかざして温めていると、ダイニングの端——どうもキッチンにつながっているようだ——から、背の低い不格好な男が出てきた。

年齢は三十代半ばくらいに見える。

顔はアバタだらけで土色なのに、どこか青みがかっていて、体調が悪そうに見える。顔の造作をみると、どことなく金治に似ている。

体調の優れないブルドッグ犬という感じで、こっちに余裕がある時はかまってやりたくなるけれども、イライラしているときにはガツンと八つ当たりしてやりたくなるような、はかなさと太々《ふてぶて》しさが共存している男だった。

私が座ったまま頭を下げ、名を名乗ると、彼は、

「僕は森川富治。栄治の兄です」

と、顔に似合わぬ美声で言った。声は栄治とそっくりだった。

「あの、もしかして、この間の水曜日、森川製薬のカフェテリアにいらっしゃいました？」

私が思わず尋ねると、富治は、

「ええ、いとこの紗英と一緒に、会社まで来ました。僕は父に用事があったので、すぐ上のフロアに移動しましたけど」

と言う。

聞けば聞くほど栄治にそっくりな声だ。

あの日カフェテリアで私は富治の声を聞いたのだろう。

ヒーターを挟んで私の向かいのソファに富治は腰かけた。

「伯母の真梨子《まりこ》さんと、村山弁護士は別室で相談しているみたいですから、あとは、雪乃さんが来たら全員です」

雪乃——？

どこかで目にした名前だと思った。私は自分の記憶を探り、ふと思い出した。

元カノリストに載っていた、森川雪乃だ。

元カノが沢山いたから、仔細《しさい》を覚えているわけではないが、栄治と同じ「森川」姓の女が交じっていたので、その部分は鮮明に記憶に残っていた。

森川家の人間なのだろうか。あるいは一度結婚して離婚し、苗字がそのままとか。

私は一瞬のうちに色々と考えたが、推測をめぐらせても仕方がないという気になって、すぐにやめた。

私は腕時計をちらりとみると、ちょうど集合時間の十三時だ。そこから五分すぎ、十分がすぎた。それぞれに黙ったまま待っていたが、雪乃と呼ばれる人物はやってこない。

紗英が早足でリビングルームにやってきて、

「全く、雪乃さんはまだなの」

と漏らす。富治が私に向かって、言い訳するように補足した。

「雪乃さんはいつも少しだけ遅れてくるんです」

紗英が腰に手を当てて、リビングルームの窓から、古びたレースカーテンをちょっと開けて外を見渡した。

「だいたいあの女は常識ってものがないのよね」

朝陽や私は、借りてきた猫といった感じで大人しく座っていた。たまに紗英がやってきては雪乃のことを「あの女」とか「信じられない」とか漏らして、またどこかへ去っていく。

　富治も暇を持て余したのか、私のほうを向いて、

「犯人選考会のこと、父から聞きました」

　と話しかけてきた。

「よく考えられたプランを持ってきた代理人がいると言って、興奮している様子でした。父は感情がたかぶりやすい性質ですが、ビジネスの面においては、結構冷静というか慎重なので、僕もびっくりしました」

「それはどうも光栄です」

　私は完全に仕事の時の口調で相槌《あいづち》を打つ。

「しかし、ああいった珍しい遺言が公表されてしまうと、富治さんもマスコミに追い回されて大変でしょう」

　富治の近況に探りを入れようと、私は適当な話題を放り込む。

「それがね、僕はあまり影響を受けていないんです。父と伯父はプライベートもマスコミに追われて大変そうですけどね。僕は森川製薬の株を一つも持っていないし、経営にも事業にも一切タッチしていないですから、マスコミも追う価値なしと判断したんでしょうな」

富治は自虐しているようで、さして気にしているふうもなく「ははは」と笑った。

「とはいえ、栄治の所有する不動産をいろんな人に引き渡すのに、毎週末ひっぱりだこになっていますが」

そういえば、下調べで有価証券報告書を見たときに、栄治ばかりが資産を持っていることが分かり、兄の富治については記載が何もなかったことを思い出した。

この辺りの事情は是非聞きたいと、私はすかさず食いついた。

「富治さんは、お仕事は何をされているんですか？」

「学者です。大学で文化人類学を教えています。専門はアメリカ大陸の先住民です」

傾聴しようと身体を少し前のめらせていた私は、急に飛び込んできた予想外の方面の話に、軽くつんのめった。

「文化人類学って、民族や風習を調べたり比較したりする、あの？」

「そうです、そうです」

私が多少食いついたことが、富治には嬉しいらしく、頬をゆるませた。

小難しいだけでいかにもお金にならなそうな分野だから、私にはほとんど知識がなかった。しかし、富治と親しくなっておこうと、必死に自分の記憶をたぐった。

「ああ、あの。ベネディクトの『菊と刀』なら読んだことがあります」

日本人の不思議な習慣や行動様式が、米国人研究者のちょっとずれた視点で書かれていて、面白かった記憶がある。

「ベネディクトですか。あれもねえ、今となっては研究手法に批判が多いのですが、それでもひとつのマイルストーンとなった研究ですねえ」

富治は腕を組んで、しみじみと語る。声がいいから、富治の講義であれば学生も心地よく聞くのではないだろうかと余計なことを考えた。

「僕のおすすめは、マルセル・モースの『贈与論』です。あの本に出会って僕の人生が変わったと言いますか、それがきっかけで研究者になったようなものです」

富治は子供のように目を輝かせて、私の顔を見てきた。

この話題を深掘りしてほしいという雰囲気がビシビシと伝わってくる。

男の人ってなんでこう、自分の輝かしい過去のアレコレを切り取って話したがるのだろう。しかも自分からではなく、誰かに話してほしいと乞われたから仕方なくという体をとって。本当に面倒だ。

でも、とにかく富治と仲良くなっておくに越したことはないのだし――。

「へえ、学究の道を志すきっかけですか。それはまた、どういう経緯で？」

私は、いかにも興味があるという感じで声を弾《はず》ませ、身を乗り出した。

富治はなぜか居住まいを正して、

「『ポトラッチ』という言葉をご存知ですか？」

と尋ねてきた。私は首をかしげる。

「日本語で言うと、競争的贈与でしょうか。少し単純化して説明しますと、隣りあう二つの部族がいるとします。この部族の間で、贈り物をしあうのです。ルールは簡単。貰ったもの以上のものをお返しすること。こうやって贈り物をしあっていくと、どんどん贈るものが大きくなっていって、どちらかがお返しができなくなり、潰《つぶ》れてしまいます」

「はあ。どうしてそんなことをするんでしょう」

「簡単なことです。相手を潰すためですよ。贈り物には贈り物を返さなければならない。これがルールですから、大きな贈り物をぶつけて、隣の部族がお返しをできなくなったら、これはルール違反。戦闘に至り、ルールを破った部族の首長が殺されることもあります」

「ええ、そんな珍妙な」

これは心からの反応だった。

そんな不効率なことをやって何になるのだろうという純粋な疑問である。

「しかしね、こういった風習は、不思議なことに世界中に見られるのですよ。アメリカ北西部と北部、メラネシア、パプア諸島、アフリカ、ポリネシア、マレー半島などなど。競争の激しさは様々です。しかし、世界中に昔からある習慣ということは、これは何か、人間の本性に関わるものではないかと思いませんか?」

「ははあ、確かに。地域はてんでバラバラだから、伝承されて広まったというよりは、世界中の各地域で自然発生した習慣なんでしょうね」

私は言いながら、この話自体は興味深いのだけれど、それにしても、富治が研究者を志すに至った話にたどり着く頃には日が暮れているのではないかと不安になってきた。

私の反応に富治は満足したらしく、大きく頷いて話を続けた。

「文化人類学的に観測できるポトラッチは、部族と部族、集団と集団の間で行われるものです。しかしねえ、僕は、ポトラッチという現象が、個人と個人の間でもずいぶん行われているような気がするのですよ」

話し込む富治と私の脇を、紗英が通り過ぎ、一瞬会話に交じろうという素振りを見せたが、小難しい話をしていることに気づいたらしく、さっさとどこかへ行ってしまった。

「例えば、職場の女性から、バレンタインデーにチョコレートを貰うでしょう。そうすると、貰ったチョコレートより多少は高いお菓子を、ホワイトデーに返さないといけない気がする。返してしまえばそれで良いんですけど、うっかり忘れちゃったりすると悲惨ですよ」

この例はだいぶ分かりやすいなと思った。

少なくとも、部族間で贈り物をした末に敵方の首長を殺す話よりは、ずっと共感できる。

「もちろん、相手も『お返しはないの?』と迫ってはきません。しかしね、なんとなく、こちらとしては負い目を感じるでしょう。貰ったのにお返ししないと。そういうことがあると、僕はその女性が仕事でミスをしたときに助けてあげるとか、何かそういう形でも良いから、お返しをしなくちゃ気が済まないような感じになってくる。つまり、職場の女性は僕にチョコレートをあげることで、僕を支配できるのです」

「律儀な人はそうなるのかもしれませんね」

私は口を挟んだ。

「でも、私なんかは、貰ったら貰っただけラッキーって思って、お返しをしなくてもあまり気にしないかも」

実際、男の人から貰ったものは沢山あるし、お返しなんて私は全然していない。

「麗子さんはきっと、自分に自信があるから、贈り物を貰うに値する好影響を自分が他人に与えていると、信じて疑わないタイプなんですよ」

富治があまりに大真面目に言うから、私は思わず吹き出した。

「私の悪口はやめてちょうだい」

富治も照れたように笑ったが、すぐに真顔に戻って、

「これも程度問題ですよ。チョコレートくらいじゃ気にしない人でも、例えば命を助けてもらったら、その恩義をどう返して良いものか途方にくれますよ。少なくとも、僕の場合はそうでした」

「僕の場合？」

急に富治の話に飛んだ。何かある。私は身を乗り出した。

「僕、ちょっと顔色悪いでしょう。生まれつき、白血球を作れない難病なんです。小さい頃は本当に病弱で大変でした。毎週通院して輸血を受けていました。それに、毎晩注射しなくちゃいけない。この注射も色々と副作用があって、僕は毎回吐き気がしたり、気分が悪くなっていました。僕の母なんて、この時のトラウマで、今でも注射器を見ると卒倒してしまうんです。おかしいですけど」

なるほど、白血球が作れないという難病と付き合いながら暮らしているとすると、多少顔色が悪いと言っても、健やかに過ごせているほうなのかもしれない。

「症状を改善するためには、骨髄移植をするしかなかった。しかしね、骨髄移植に適したHLA型をもつドナーを見つけるのは非常に困難でした。そこで、ドナーが存在しないなら作ろうと、僕の両親は考えたわけですね」

「作る？」

「いわゆる救世主ベビーです。医学的には着床前診断というのかな。いくつかの体外受精卵から骨髄移植に適したＨＬＡ型を有する体外受精卵ひとつを選別して、母体に戻して出産するというものです。最近はアメリカやイギリスで一般的に行われていますけど、当時は最先端の技術でした」

聞きながら、この話の結末がなんとなく予想がついてきた。

しかも、きっとこれは、なんだか後味の悪い結末。

「両親は渡米して、この新技術を試し、そうして生まれたのが弟の栄治です。生まれてすぐ、栄治のへその緒から血液を作る細胞が取り出され、僕の骨髄に移植されました。僕が七歳の時のことです」

富治はここまで話して、少し間をおいた。

昔を思い出しているのか、遠い目をしている。

「僕の人生は、このときに一変しました。身体が軽くなって、羽が生えたような気分。感染症予防のための錠剤を毎朝飲むだけで、普通に生活できるようになった」

「それは何よりね。本当によかったわ」

話があんまり暗い方向に行かなくてよかったと、私は内心安堵《あんど》した。もし余命わずかだとか言われたら、どう言葉を返していいか分からなかった。

「しかし、本当の苦しさはここから始まったんです。栄治は僕にとって、生まれながらの救世主でした。僕も栄治にはなるべく優しくして、あれこれと世話を焼きました。命の恩人ですから、何か返さないと、気持ちが落ち着かないんです。周りもまあ、栄治をチヤホヤしながら育てたと思います。それで本人はああいう甘ったれに育ったのですけど」

私はくすりと笑った。

確かに栄治は、周りが世話を焼いてくれるのをのんびり待っているような節があった。自分は他人の世話になるだけの価値がある人間だと、信じて疑わないというか。

「僕は栄治に対してどんなに世話を焼いても、気が済まないんです。ずっと負い目を感じたまま暮らしていました。その時は、自分の悩みの正体が分からなかった。しかし大学に入って、ポトラッチという概念を知ったとき、謎が解けました。僕は栄治から大きすぎる贈り物をもらって、それに見合うお返しができないから、それで潰されかけていたのだと」

「そういう気づきを得たことがきっかけで、文化人類学に興味をもったということね」

私は待ちきれなくなって、先回りした。

「そ、そうです。そういうことです」

一番美味しいところを私に取られて、富治はちょっと不服そうだった。

私も悪いことをしたなと思って、もう少し話を聞いてやることにした。

「でも、その負い目ってのは、結局解消されたの？」

話しているうちに、だんだんと私はタメ口になっていたけれど、別にもう構わないような気がしていた。

「僕の財産とか、相続権とか、持分とか、そういうものを全部栄治にあげちゃいました。結構な額ですよ。さすがにそこまでですると僕も吹っ切れたんですよ」

「なるほど、それで、森川製薬の株式とか、何も持っていないのね」

納得のあまり、心の声がそのまま外に出た。

「でも、今となっては後悔しています。財産を引き継いだあたりから、栄治の体調が悪くなってしまった。引き継いだ森川家の当主としての仕事をこなしきれないことに、思い悩んでいるようでした。いとこに拓未という男がいて、こいつがキレ者で野心家でもあるから、栄治よりも拓未のほうが森川製薬の次期リーダーにふさわしいとか、まあ色々と言われていました。そうこうしているうちに、栄治がうつ病になってしまって――」

「富治さんのせいじゃないですよ」

はっきりとした口調で言った。

「あれは病気です。誰のせいというものではありません」

仕事柄、うつ病の人を相当数見てきた。普段は大企業のクライアントしか相手にしないけれど、労働案件を専門とする小規模法律事務所で研修したときには、事務所にやってくる客の三分の一はうつ病だった。そういう状況を見ていると、これは誰のせいというよりも、社会に巣食う病理に人間が侵されてしまった結果のように思えた。

「ありがとう」

と言いながら、富治は目頭を押さえた。

「いや、これは失礼」

なんだか子犬をあやしているような気分になって、頬杖をついて微笑みながら富治を見つめた。

「それにしても、雪乃さんという方はまだこないのかしら」

言いながらリビングルームの入り口を振り返ると、そこにはいつの間にか、和服姿の女がすっと立っていて、かなりびっくりした。色が白すぎて、一瞬、幽霊のように見えたからだ。錠を外したり、ドアを開けたりする音も全然聞こえなかった。

富治が顔をほころばせ、

「雪乃さん、いらっしゃいましたね」

と軽くお辞儀をした。

「お待たせしちゃったかしら」

雪乃と呼ばれた女はけろりとした口調で言った。

時刻は十三時二十分。当然、お待たせしちゃっているわけだが、雪乃は謝るわけでもなく何くわぬ顔で富治のすぐ隣の席に腰掛け、ヒーターに手をかざした。

二十代後半か、三十代前半に見えるけれども、どこか年齢不詳の感じもあって、その人の周りだけ時間が止まったような空気感がある。結い上げた真っ黒な髪と、コントラストをなすように真っ白な肌をまとっている。その二つの色をつなぐように、ねずみ色のごく地味な訪問着が、この人に着られるために縫われたかのような様子で馴《な》染《じ》んでいた。

水墨画から抜け出てきたような美しい人だった。

私のような西洋ふうのはっきりとした美人ではなくて、見つけてあげないと埋もれてしまうような、守ってあげないと踏み潰されてしまうような、そんな造作の人である。

「やっと来たわねッ」別の部屋で紗英が大きな声を出すのが聞こえた。

雪乃は気にするふうもなく、白い手をこすり合わせ、「冷えますすねえ」と富治に笑いかけた。美人に話しかけられて、富治の頬がゆるみ、照れているのが見てとれた。

2

「我が物顔で黙って入ってきて、本当に嫌になっちゃう」

紗英が頰を膨らませる仕草をしたが、全然可愛くはない。

「だってこの屋敷、いつも鍵がかかっていないんだもの」雪乃が答える。

今どき田舎でも無施錠の家があるのかと私は驚いたが、確かに、山に囲まれた田園にひっそりと佇《たたず》むこの屋敷に、盗みが入るとも思えなかった。

「紗英さんもお忙しいでしょうから、呼び鈴を鳴らしてお呼び立てするのも気兼ねしてしまって」

雪乃は柔らかい口調で、しかしピシャリと話を閉じてしまった。

そうこうしていると、階段を降りてくる足音がして、二人の人間がリビングルームに入ってきた。

ひとりは、派手なピンクのシャネルスーツに身を包んだ、痩せっぽちの女性だ。年齢は六十代にはのっているだろうが、服装とメイクからは、なんとか五十代に片足を残しておこうという努力が見て取れた。

「私のママよ」

と、紗英が私に向かって紹介した。

「森川真梨子です。金治の姉、栄治の伯母にあたります」

と言いつつ、真梨子は礼をするわけでもなく、さっさとソファに腰掛けた。

なるほど紗英の母親だと思わせる人物である。

もうひとりは、シワだらけのスーツを着た白髪交じりの男だ。

「森川栄治さんの顧問弁護士の村山といいます」

中肉中背の特徴のない身体が、大きめのジャケットとシャツの中で泳いでいる。少しだらしない印象で、なるほど町弁らしい町弁という感じだ。企業相手の弁護士であれば、糊《のり》の利いたシャツで、もっと身体にフィットしたスーツを着込んでいる。

私は日本弁護士連合会のウェブサイトから、村山の弁護士登録情報を事前に調べていた。弁護士登録の年次からすると、五十代かと思っていたが、見た目はそれよりも老け込んでいる。単に老け顔なのか、あるいは、社会人経験の後に弁護士になったのか、どちらだろうと思ったが、そんなことはどうでもいいとすぐに考え直す。

「皆さんお揃いですね。ええと、今日は、栄治さんの元恋人の方々ということですね。本当はもっといらっしゃるんですけど、連絡がつかないのですよ」

村山は立ったまま、ゆっくりとした口調で話し始めた。

真梨子が不愉快そうに眉をひそめて口を挟んだ。

「あの子は叔父の銀治に似て女好きなのよ。銀治なんて、家政婦を妊娠させて大騒ぎになったことがありましたからね」

　結局、家政婦ともども森川家から追い出され、その処分に不満を持った銀治は、親戚から距離を置くようになったという。

「その銀治に栄治はよく似ていましたから、年頃の娘を持つ身としては、心配でしたわよ」

　真梨子は紗英の気も知らずに口を挟む。村山は、

「そりゃあね、栄治さんは良い男でしたからなあ」

と、ピントのずれた返しをし、

「恋人は沢山いたのに、いざというときに連絡がつかないなんて、世の中、薄情なもんですよねえ」

　話をさっさと終わらせようという気がないのか、のんびりとした口調で話し続けた。

「ええと、それでは、一応点呼しておきましょうか」

　村山はリビングルームに腰掛けている面々を見渡す。

「まずは、原口朝陽さん」朝陽が軽く手を挙げた。

「それから、剣持麗子さん」

　私の名前が呼ばれたので、私も朝陽にならって、小さく手を挙げた。

村山が満足そうに頷き、

「それで、あとは森川雪乃さんですね」

と言うと、雪乃は手を挙げることなく、ただ微笑した。

「皆さんが今いらっしゃるこの建物と土地を受け取られるのは、こちらの三人です。それで、森川家側の立会人ですが、栄治さんの伯母の真梨子さんと、いとこの紗英さん、兄の富治さんですね。こちらも三人、定足数を満たしておりますので良いでしょう」

村山は頭をかき、「ああ、そういえば」と言いながら、手のひらで雪乃のほうを指し示した。

「雪乃さん、あなたは拓未さんの奥様ですね。栄治さんからみると、いとこの奥様ということになります」

紗英はフンッと鼻を鳴らした。

「そういう意味でね、雪乃さんも森川家の人間ではあるわけですけれども。栄治さんの元恋人でもいらっしゃるということで、今日は財産をもらう側ですので」

村山は依然としてゆっくりというか、のんびりとした口調だ。

「そういうわけでね、今回、雪乃さんは森川家の人間としてカウントしておりません。いずれにしても、条件は満たしておりますので、ここは異論のないところかと思います」

　ここまできて、話は一段落したようで、村山は手続きに必要となる書類を配り始めた。

　だんだんと私の頭の中で、森川一族の家族構成が整理されてきた。

　まず、栄治の家族としては、父の金治、母の恵子、兄の富治がいる。

　金治の姉の一家がいる。栄治から見て伯母に当たるのが真梨子、伯父に当たるのが専務の定之、いとこに当たるのが、上から、拓未と紗英というわけだ。

　紗英は栄治のいとこにすぎないのだけど、どうも栄治に対して特別な感情を抱いているように見える。

　雪乃は栄治と交際した過去があり、最終的には拓未と結婚したわけだ。紗英からすると、お気に入りの栄治に手をつけられたうえで、兄まで盗られて、踏んだり蹴ったりなのだろう。紗英が雪乃に対して刺々しい態度を取るのも理解できるところだ。

　それにしても、自分の姑《しゅうとめ》と小姑が同席するなかで堂々と「栄治の元カノ」としての集いにやってくる雪乃は、見た目とは裏腹にかなり心臓の強い女だ。自分だったらどうするだろうと思った。私が雪乃だったとしても、貰えるものは貰いに行くだろうから、雪乃の態度に異存はない。しかし、自分と同じような言動を他人がとっていると驚いてしまう。

私たちは書類仕事を済ませると、村山の先導で屋敷のまわりを一周することになった。「境界確認《けいかい》」といって、隣の土地と自分の土地の境界を確認して回る手続きだ。

屋敷の全体は、玄関間口は狭いのに、奥に深く続く、巨大な京町屋のような造りになっていた。私たちは、正面から時計回りに一周し、境界標を確認して回ることにした。

ところが、土地の外縁には雪が積もっていて、境界標は全く見えない。村山は屋敷の外壁に立てかけられた数本のスコップを指さした。

「皆さん、雪かきましょう」

パンツスーツ姿の朝陽は黙ってスコップを手に取った。

朝陽は文句を言うわけでもなく積雪の中に分け入って、雪かきはじめた。

殊勝なことに、紗英も黙って積雪の中に入っていった。

私はワンピースに高級なショートブーツを履いていた。雪かきに対応できる状態ではない。

しかし村山が当然のように「ほら」とスコップを指さすので、これも仕事だと思って、ぐっと我慢し、スコップをつかんだ。手袋をはめていても手先が冷えた。雪かきなんてしたことがない。横目で朝陽の動きを見て真似した。身体は寒いのに額には汗がにじんだ。

雪乃は何もせずに突っ立っていた。するとこれを見かねた富治が、

「雪乃さんは、着物が汚れるから、僕が替わるよ」

と言ってスコップをつかんだ。

あんなウールの着物より私のブーツのほうが高いわよと言ってやろうかと思ったが、そんなことを言っても惨めったらしいだけなので、ぐっと我慢する。

私たちは境界標があるらしい場所の付近の雪を取り除き、一つずつ確認していった。

その間、雪乃は少し離れたところに立ったまま、

「見つかるかしら？」

などと傍観し、境界標が見つかったら見つかったで、

「まあ、さすが」

と声をあげるだけで、まるで他人事である。

紗英が猛烈な勢いでスコップを動かしながら漏らした。

「雪乃さんって、か弱そうに見せかけて、本当に自分勝手なんだから」

朝陽は紗英に対して、否定とも肯定ともとれるあいまいな表情のまま、

「まあ、雪乃さんですから」

と答えた。

紗英は訴えかけるように、私のほうを見て話し始めた。

「だって、あの人、栄治さんがうつ病になったら、さっさと栄治さんを捨てて、拓未お兄ちゃんに乗り換えたのよ。目端が利くっていうか。我が家の寄生虫みたいなものなのよ」

紗英の話によると、雪乃は、森川家と昔から付き合いがあった呉服問屋の娘であったが、家業が立ち行かず、一家離散してしまった。まだ学生であった雪乃を哀れんで金治の私設秘書として採用した。しかし、雪乃はあまり事務作業が得意ではなく、結局はちょっとした買い物や雑事をこなしてアルバイト代を貰う程度の働きしかできなかったらしい。

そうこうしているうちに栄治と付き合い出して、このまま結婚してしまうのかとささやかれていた矢先、栄治がうつ病を発症する。すると雪乃は栄治とあっさり別れて、以前より猛烈にアプローチをしていたという拓未と付き合って結婚した。実際に栄治と拓未は仕事上のライバルでもあったから、雪乃は勝ち馬に乗ったということなのだろう。

そんなことを説明しながらも、紗英は雪かきの手を止めない。

紗英は森川製薬の子会社で事務職をしているらしい。いわゆるコネ入社なのだろうが、労をいとわぬ働きぶりを見ていると、意外と仕事はできる女なのかもしれないと思った。

「まあ、雪乃さんは美人ですから」

諦めたような口調で朝陽が言う。

「ほら、境界標、ありましたよ」

朝陽も手際がよく、きびきびと身体を動かしては雪を払い、次々と境界標を見つけていった。

そして境界標を見つけるたびに、ニカアッと白い歯を見せて、本当に太陽のような、ひまわりのような笑顔を見せる。私はその笑顔を見ていると、病床の栄治が朝陽に惚《ほ》れた気持ちが分かるような気がして、朝陽が女としての自分を卑下するように、

「雪乃さんは美人ですから」

と漏らすたびに、「あんたも十分魅力的よ」と言ってやりたくなったが、私が言うのも変なのでやめておいた。

堂上と亮、それからバッカスが散歩から戻ってきた。入り口近くで雪かきをしている私たちに向かって、バッカスが勢いよく吠えはじめる。

「私や朝陽さんには吠えないんだから、今吠えられているのは麗子さんよ」

紗英がすかさず口を挟む。

堂上の姿に目を留めたらしい村山が、

「堂上さん、栄治くんの遺言のことで、ちょっとお話が」

と話しかけ、二人で屋敷に引っ込んでしまった。

私は紗英のほうを見て、

「堂上さんと亮くんって、バッカス関連の功績者として、遺言に載っていたわよね？」

と訊いた。

あまりに馬鹿馬鹿しい内容の遺言だったので、細かい点までは覚えていない。だが、確か、愛犬の世話をした人たちの名前も連なっていたような記憶がある。

「そうよ。そっちも引き渡しの手続きをしなきゃいけないのよ。村山先生もてんてこまい」

紗英がため息をついた。

「森川家の者が同席といっても、みんなそれぞれ忙しいから、ほとんどの案件で、若輩の私か富治さんが立ち会わなくてはならなくて、もうクタクタよ。富治さんも疲れているでしょう？」

富治は、黙って頷いた。

彼の不健康そうな顔色は、生来の持病だけでなく、ここ最近の忙しさから来るものかもしれないと思った。

「あなたのお兄さん、拓未さんはどうしたの？」

森川家の事情を少しでも聞き出そうと思って、私が口を挟むと、紗英はよくぞ訊いてくれましたとでもいうような笑みを浮かべた。

「あのね、拓未お兄ちゃんは、森川製薬の経営企画部で新規事業課の課長を務めているのよ？　いつも忙しいけど、今は特に、新薬の発売に向けて準備で忙しいの」

自慢げな口調だ。

私は森川製薬の新薬、マッスルマスターゼットのことを思い出した。定之専務が主導している案件だから、息子の拓未が積極的に関わっていてもおかしくはない。

私たちが話しているうちに、亮が手慣れた手つきで、バッカスを小屋にくくりつけた。

「亮くんは偉いねえ」

と朝陽が笑いかけると、亮はすごく嬉しそうな顔をして、

「おれ、もう五さいだから、おとなのおとこだもん」

と胸をはった。

「おとうさんみたいに、どうぶつのおいしゃさんになるんだ」

私には「うったえないでくだしゃい」などと泣きべそをかいていたというのに、えらい違いだ。

亮は私から一番遠くて朝陽に一番近い場所に陣取り、雪面に木の棒でお絵描きを始

めた。最初は木の棒を左手で持って、人の顔とも犬の顔とも取れる下手くそな絵を描いていたのだが、

「あっ！　ひだりてはつかっちゃいけないんだった」

と言って、木の棒を右手に持ち替え、先ほどよりも一段と下手くそな絵を描き始めた。

「左手はダメなの？」

朝陽が優しく声をかけると、亮は神妙な顔をして言った。

「おとうさんが、みぎにしなさいっていうんだ」

左利きを右利きに矯正するだけだというのに、重大な任務を負っているような口ぶりだ。

「だから、つらいけど、ひだりてにはバイバイをしたの」

悲しそうに眉尻を下げ、左手をグーパーグーパーと動かしている。

「おれ、もう、五さいのおとなのおとこだから、しかたないんだ……」

その様子を見て、紗英と私は同時に吹き出した。

後ろで立って見ているだけの雪乃もクスクス笑っている。

「栄治さんも同じようなことを言っていたわ。男の子って変わらないのね」

雪乃が口を出した。

「ほら、もともと左利きだったのに、無理やり右利きに直されて、大変なトラウマになったとか」

確かに栄治は、そういうことを言っていた気がする。

「だから自分の家の中でくらい左手を使うんだって、話してなかった？」

と私が言うと、朝陽がニヤリと笑って頷いた。

ところが雪乃はなぜか一瞬、私の言葉を聞いて、ハッとしたような表情を浮かべて固まった。栄治が他の元カノたちに対しても同じ話をしていたということがショックだったのだろうか。紗英と違って、雪乃は他の女との勝ち負けなどにこだわらないタイプかと思っていたから、私は少し驚いた。

「栄治さん、重大な秘密を打ち明けるような感じで話していましたね」

朝陽が破顔しながら言う。

まったく、男の人ってどうして、自分の過去のアレコレを大袈裟に膨らませて、いかに自分が葛藤《かっとう》を抱えたのかとか、傷を負ったとか、そんな話を吹聴するのだろう。しかも、栄治は、同じ話を複数の女たちに対して使いまわしていたわけだ。

「え、栄治さん、左利きだったの？」紗英が驚いたように声をあげた。

「うちにいらっしゃるときは、右手を使っていたわよ」

富治が口を挟んだ。

「他のお宅にお邪魔するときは、親戚の家でも右手を使うようにしていましたよ。両親もそのあたりは厳しかったので」

紗英は自分が知らない栄治のことを他の女たちが知っていたことに、怒りよりもショックが大きかったらしく、しょんぼりと口を尖らせて、芝生を見つめた。その横顔は全然可愛くはなかったが、なんだかいじらしい感じである。慰めてやりたくなったが、私が慰めるのも変なのでよしておいた。

その間も、庭に私たちのような不審者がいることが気に入らないのか、バッカスが吠え続けている。

「この屋敷、いまは空き家なんでしょう？　なんで犬はそのままいるのよ」

私がバッカスの吠える声にうんざりしながら訊くと、富治が事情を説明してくれた。

「屋敷から離れようとしないんですよ」

近くに住んでいる拓未と雪乃の自宅に移そうとしたが、必ず脱走してこの屋敷に戻ってきてしまうという。幸い屋敷の隣家が獣医の堂上一家であるから、わずかな謝礼で、堂上一家が餌やりや散歩をしてくれているという。

そのうちに村山は堂上と連れ立って帰ってきたが、電話がかかってきたらしく、村山は自分のポケットをまさぐった。

「ちょっと失礼」

彼は、携帯電話を片手に歩き出し、バッカスの吠える声を避けるように、玄関から室内に入り、ほんの数分で帰ってきた。

「麗子さん、この後、うちの事務所に寄れますか？　ちょっと厄介なことになりました」

「どうしたんです？」

「金治さんと彼の顧問弁護士が、遺言状の原本を見るためにうちの事務所に向かっているそうです。栄治さんの遺言の有効性を争うと言っていました。あの有名な法理――」

村山と私は顔を見合わせた。

「公序良俗違反による無効」

同時に言葉を発していた。法律家の考えることは、いつも同じだ。

「しかも金治さんは、あの山田川村・津々井法律事務所の弁護士に依頼したそうです。知っていますか？　丸の内にある、あの日本一の法律事務所ですよ」

急に古巣の名前が出てきて、私は息をのんだ。

3

堂上一家が帰った後、私たちは三十分ほど雪かきを続け、ひと通りの書類仕事を終えてから解散した。すでに日は傾き、空は赤く染まっていた。

「しかし麗子さんが山田川村・津々井法律事務所の出身とはねえ」

軽自動車を運転しながら、興奮気味に村山が言った。

「有名大学を出て、大学の成績も優秀、もちろん司法試験は一発合格するような人じゃないと採用されないというじゃないですか」

「そういう人が多いですけど、全員じゃないですよ」

私はおざなりな返事をした。

村山のような個人相手の案件を中心に取り扱っている弁護士の中には、私のような渉外弁護士を「金の亡者」だと目の敵にする人も多い。

いくら頭が良くてもハートがなきゃダメだよ、などと、オジさん弁護士から説教されたことも数知れず、毎回うんざりしていた。

「大きい事務所は忙しくて大変だろうねえ。しかし女性だと、企業相手の仕事のほうが安全でいいかもね」

予想していたのとは異なる反応に驚いて、助手席の私は村山を横目でチラリと見た。ちょうど車は平地を抜けて森の中に入った。車内が暗くなって、村山の表情はよく見えなかった。

「僕の知り合いにも、恨みを買って殺された弁護士がいるよ」

「殺された？」私は思わず聞き返した。

「そう。女性の弁護士だよ。その子は僕と大学が一緒だった。頭が良くて、綺麗で、凜《りん》としていて。言うなれば、僕のマドンナ的な存在だった。とても優秀だったから、彼女は大学在学中に司法試験に合格して、そのまま弁護士になった。僕はその当時、パッとしない学生だったから、すごいなあ、と見上げるばかりで。もちろん、友達以上に発展することもなかったけどね」

　村山は片手をハンドルから離し、照れるように頭をかいた。

「二十代後半、ちょうど、麗子さんくらいの歳の時かな。ある日突然、彼女の訃報を受け取ったんだ。信じられなかったね。あんな利発な女性が、若くして亡くなるなんて」

　村山は、水が滴るようにぽつりぽつりと、言葉を選んで、話し始めた。

　彼女はある離婚事件で、夫のＤＶから逃げてきた女性の代理人をしていたらしい。無事離婚を成立させ、依頼人の女性は新居で新たなスタートを切るところまで漕《こ》ぎつけた。

ところが、DVを働いていた元夫に逆恨みをされてしまう。元夫の認識では、「妻と自分は上手くいっていたのに、あの弁護士が妻を言いくるめて、自分たちの仲を引き裂いた」ということだった。

元夫は弁護士の事務所に押し入り、刃物を突きつけて、元妻の居場所を教えるように要求した。

「しかし、あの子は吐かなかったんだなあ。新しい住所を教えてしまうと、依頼人の女性の生活が再びめちゃくちゃになってしまう。脅されても決して口を割らず、そのまま刺されて死んでしまった」

村山は軽く鼻をすすった。

「彼女は聡明だったけれど、いつもクールで、誰かのために熱くなるような感じではなかったから、僕は不思議に思ったんだ。そんな彼女が命をかけてまでやり遂げたかった、弁護士という仕事はどういうものだろう、と。それで僕は、そこから一念発起して、猛勉強の末、なんとか弁護士になった。司法試験に受かるまで丸五年かかったけどね」

なるほど、弁護士の経験年数の割に歳を食っている印象だったが、そういう事情があったのかと納得する。

しかし、弁護士の仕事って、そんなにいいものだろうか。命を張ってまでやり遂げたいことだろうか。私自身、一生懸命やっているほうだとは思うけど、刃物を突きつけられるような状況で役割を貫く自信はない。

「それで、どうでしたか。弁護士になってみて」村山に訊いてみた。

「未だに分からないねえ。ただ目の前のことをこなすので精一杯で。彼女に見えていた景色に僕はまだたどり着けていない気がするよ」

二十代後半、ちょうど私くらいの歳の女性弁護士。まだやりたいことが沢山あって、やれることも沢山あって。それはもう本当に、無念だっただろう。私がそんな目に遭ったら、悪霊になってこの世を恨み続けるかもしれない。

「だからねえ、栄治くんから麗子さんの話を聞いた時、死んだ彼女のことを思い出したよ」

車が山道を抜けた。開けた街並みに入っていく。

「栄治から、私のことを聞いていたんですか？」

「あれはもう相当体調が優れない時だったけど、栄治くんと僕の二人で、今回の屋敷を遺贈するために、元カノリストを作ったんだ。その時に、この子はこういう子で、あの子はああいう子で、っていう具合に、よくしゃべっていたよ。ゲホゲホ言いながら」

村山と私は小さく笑った。

男は元カノを美化して永久に保存しておくというけれど、本当にその通りなわけだ。その元カノのうちほとんどと連絡が取れなかったのだから、女の側では過去は過去としてどんどん忘れていってしまうのだろう。

「ああ、そうだ、麗子さん、印刷機のスキャン機能を使えますか？」

村山が唐突に尋ねたので、私は、

「使えますけど、何か？」

と訊き返した。

「僕は機械音痴で、しかも大変に不器用でして。事務所に着いたら遺言状をスキャンするのを手伝ってください。ウェブサイトに載せた部分は紗英さんにスキャンしてもらったのですけど、遺言の有効性が争われるとなると、封印など封筒の外観まで証拠に残しておいたほうがいいかもしれません」

「なるほど、確かに」

そう言って私は小さくうなずいた。

遺言の有効性を否定するためには、内容の公序良俗違反を争うのはもちろんんだ。だが、それに加えて、遺言状は捏造《ねつぞう》されたものだとか、一度開封して中身がすり替えられているとかいう主張もありうる。

私は相続案件に詳しくなかったから、その点まで考えが及んでいなかったが、さすがは町弁、村山はこういった揉《も》め事に慣れているのだろう。

私たちはそれ以上話すこともなかった。

数分の沈黙が続いて、旧軽井沢地区に車が入ったとき、村山がポツリと漏らした。

「ねえ、麗子さん。仕事を頑張るのもいいけど、長生きしてくださいよ。死んだあの子の分まで――なんて言うと、重いって言われちゃうだろうけど」

私はなんだか、親戚のおじいちゃんと話しているような気がしてきて、

「憎まれっ子、世にはばかると言いますから、私は大丈夫じゃないですか」

と返すと、村山が真面目な口調でこう言った。

「美人薄命という言葉もありますから」

旧軽井沢にある「暮らしの法律事務所」の前に着いたのは午後五時だったが、日はすっかり暮れていた。冬の高原の夜は早い。

少し荒い村山の運転と、振動を吸収しない安物の軽自動車のせいで、私は酔い気味だったので、さっさと車から降りると深呼吸をした。

続いて降りてきた村山は、事務所建物に近づき、二階を見上げると、

「あれっ？」

と声をあげた。そして、

「路地側の窓が破られています！」

と叫んだ。

正面は変わりない。

右隣の建物とは二メートルほど離れていて、ごく細い路地になっている。私は村山に近づいて、建物の右壁面を見上げると、二階の窓の一部が破られていた。

古い建物だから、天井高が低い。ホームセンターで売っているような梯子《はしご》をかければ窓に手が届くだろう。

「空き巣でしょうか」

私は言いながら、携帯電話を取り出し、いつでも警察に電話できるように身構えた。

「一旦、室内を確認してみましょう」

村山は、鍵を取り出して、建物の正面左脇にある、人がやっと一人通れるくらいの幅のシャッターを開け、そこから続く階段をのぼっていった。

私も村山に続く。

こういう場面は、一昨年、我が家に入った下着泥棒を追いかけて捕まえたとき以来である。そのときのことを思い出しながら、私は案外冷静な気持ちでいた。

事務所は、先ほどいた別荘のリビングルームよりも狭かった。細長い十畳ほどの部屋の手前に簡単な応接ソファセット、奥には事務机がひとつ置かれている。秘書や事務員を雇わず、村山ひとりで切り盛りしている事務所だということが分かった。専属の秘書とパラリーガルアシスタントがいた私とは大違いだ。

「荒らされています」

村山はそう言うと、部屋の奥に向かって歩みを進めた。私もそれに従う。

部屋の両脇には備え付けの本棚があり、本や古びた雑誌が床から天井までぎっしりと並べられている。その棚の一部から、ファイルが取り出され、床に散乱している。

近寄って覗き込むと、事件記録を保管するファイルだということが分かった。

事務机の引き出しも開いたまま放置されている。

村山はしゃがみ込んで、事件記録などのファイルをパラパラとめくった。

「なくなっているものはありますか？」

私の言葉に対して、村山は首を横に振った。

「荒らされていますが、なくなっている記録はありません。どうしたものか」

村山は立ち上がって、腰に手を当て、部屋の中を見渡した。

私は事務机の上に目を留めた。

中途半端に黒い液体が入っているマグカップが三つと、タバコの吸いがらの詰まった灰皿がある。その脇の紙タバコの箱からはタバコが一本だけ、数センチ飛び出している。何かの記念品と思われるゴルフボールの形をした文鎮がひとつ。二ヶ月前からめくられていない机置きタイプのカレンダー。

そういった小物の間に、書類が散乱し、その上にファイルが何層にも重なって、倒れそうで倒れない微妙なバランスを保っている。

「机も相当荒らされているようね」

私が机上を覗き込んで言うと、村山は通せんぼをするように私の前に立ちはだかり、

「これは元々こうです」

と言った。恥ずかしそうに目をそらしている。

こんなに汚い机で仕事ができるなんて仰天だ。私は神経質ではないけれど、無駄が嫌いだ。机の上は整理整頓しておくほうが効率が良いと信じてやまないのだけど——。

「あっ！　そういえば。一番に確認するべきでした」

村山は、事務机の奥に回り込んで、机の下を覗き込んだ。

「金庫がなくなっています」

金庫を置くほどにこの事務所に金目のものはなさそうに見えるので、

「入っていたものは？」

と訊くと、村山はこちらに振り向いた。

「栄治さんの遺言状一式です。そのほか、ちょっとした重要な書類も入っていました。

五桁の暗証番号が二つ設定されていましたから、この場では開けられなくて、一旦持ち帰ったのでしょうな」

私はすぐに警察に電話をした。

市内で大きな玉突き事故が発生し、多くの警察官がそちらに取られているという。人員を工面してこちらに送るが、少し待っていて欲しいとのことだった。

村山のほうに体を向け直して私は尋ねた。

「何か心当たりはありますか？」

「さあ」

村山はかぶりをふった。

「栄治さんの遺言はネットで公開していますし。その他の書類も、ごく一部の人にしか意味を持たないものです」

「金庫の大きさは？」

「三十センチ四方くらいでした。重いですが、持ち出せないほどではありません」

私はすぐに自分の足元を見たが、部屋全体に敷かれているカーペットに、金庫を引きずったような痕は残っていなかった。もともと毛足が短くて、さらに人の足で踏み固められているから、重いものを引きずっても痕はつきにくいかもしれない。

部屋の取っ付きまで戻って、玄関ドアの下枠をよく見ると、三十センチほどの距離を置いて、金属が擦れたような痕がある。

「引きずった痕があります」

私はそのまま階段を後ろ向きで降りながら、角に貼られた滑り止めゴムや階段自体が、ところどころ傷ついているのを確認した。金庫を二階から一階へと転がり落とした際についた傷かもしれない。

私が後ろ歩きで階段をくだり、ちょうど一階に片足を着けたそのとき、背中に何かがぶつかった。

「おっと、失礼」

聞き覚えのある声に胸騒ぎがした。

しゃがんだまま振り返ると、男物の黒い革靴が目に入った。一見して質の良い高級そうな靴だったが、少し汚れていて、しばらく磨かれていないように見えた。

視線を上げると、仕立てのいいスーツに身を包んだ、ふくよかな男が立っていた。

あたりは暗く、その男の顔はよく見えなかった。しかし私は、その狸の置き物のようなフォルムから、男が誰なのかすぐに分かった。

「津々井先生」私はつぶやいた。

津々井のすぐ後ろから、「先生、どうされましたか」と、金治社長の野太い声がした。

「どうしてここに？」

私は思わず分かりきったことを質問してしまった。

津々井は私の顔をのぞき込んで、その卵のような顔にシワを寄せて、愉快そうに微笑んだ。

「それは僕が君に訊きたいね。お元気でしたか、剣持先生」

津々井と金治が事務所に入ると、もともと狭い事務所はさらに狭く感じられた。

「申し遅れました。森川金治さんの代理人に就任しました、弁護士の津々井と申します」

津々井は慇懃《いんぎん》な調子でそう述べて、クロコダイルの高級名刺入れから取り出した名刺を村山に渡した。

村山はそれを丁重に両手で受け取ると、

「ええと、名刺を切らしておりましてね……いや、財布に一枚入れておりましたわ」

と、財布の中でプレスされて端が手前に反り返った名刺を差し出した。

私は村山と津々井の間に立って、傍観していた。

ここには今、弁護士が三人いるけれども、それぞれに向いている方向は少しずつ違う。

村山は栄治の代理人であるから、栄治の残した遺言の内容を実現するのが仕事だ。

私は篠田の代理人なので、栄治が残した遺言に基づいて、殺人犯を名乗る篠田に、栄治の遺産を獲得させなくてはならない。

つまり、栄治の遺言が有効であると主張する点においては、村山と私とは同じ側に立っている。

津々井は金治の代理人だ。栄治の遺言が実現されると、栄治が持っていた財産が金治の鼻先をかすめて、殺人犯のもとへ行ってしまうから、遺言の有効性を否定するのが津々井のミッションだ。

津々井がかいつまんで述べたところによると、金治は犯人選考会に参加しているものの、第一希望は、遺言の有効性を否定することだという。

遺言の有効性が否定されれば、栄治は何も遺言を残していないものと扱われ、栄治の遺産は全て法定相続人に行く。配偶者や子供がいない栄治の法定相続人は両親の金治と恵子だ。

万が一、遺言が有効だった場合に備えて、森川製薬に悪影響を与えないような「犯人」を新たな株主として選出するために、犯人選考会にも参加しているというわけだ。

なるほど慎重派の金治らしい対応だと思えた。

「金治さんは、犯人選考会での剣持先生の活躍ぶりに大変感銘を受けたそうですよ」

津々井が冷やかすような口調で言う。

「このままじゃ剣持先生に押し切られて遺言が有効になってしまうかもしれないということで、それまで使っていた顧問弁護士を解任して、僕のところに相談に来てくれたというわけです。剣持先生のおかげで、僕は大口のお客様を得ることができたというわけですなあ。手塩にかけて剣持先生を指導してきた甲斐があったというものです」

津々井は笑顔を崩さないまま、金治のほうをチラリと見た。

この子を指導したのは私ですから、この子が私を超えることはありません、ご安心ください、とでも伝えたいのだろう。

私は津々井を正面から見すえた。津々井も無表情に私を見つめ返す。

沈黙を破るように、村山が口を開いた。

「せっかく遺言状の原本を確認されにいらしたところ悪いのですが、ちょうど今、金庫ごと盗まれました」

「盗まれただと？」金治が食いついた。

「ええ、金庫ごと、持っていかれたようです」

村山は、他人事のような、けろりとした口調だ。

「そんなにタイミングよく盗まれたりするもんかッ！　俺たちに見られると都合が悪いから、お前たち、隠したんだろう」

金治はつかみかからんばかりの勢いで、村山と私ににじり寄った。

「逆ですよ」

　私が口を挟んだ。

「遺言状の原本がなくなると、一番困るのは村山先生と私です。原本がないようじゃ、遺言の有効性もへったくれもありませんから。他方で、遺言状の原本がなくなって一番得をするのは、金治さん、あなたじゃないですか」

　本来なら一番強く反論すべき村山が「まあまあ」と私をいさめた。

　津々井がひとつ咳払いをして、応接セットのソファに腰掛けた。重みでソファがきしんだ。

「剣持先生、あの遺言を有効だとする主張に、勝算はあるのですか？」

　私の手の内に探りを入れるつもりらしい。

「僕の目からは、とてもあれが有効だとは思えませんがね。いや、僕はね、親心で言っているんですよ。こんな無理筋の案件に関わって、剣持先生の輝かしい経歴に黒星がついてしまうのは、もったいないですよ」

　私はフッと口元がゆるんだ。笑ってしまう。

　そこらの弁護士なら、この程度の揺さぶりにでも動じるかもしれない。

　しかし私は、強い風が吹き付ければ吹き付けるほど燃え上がる炎のように、津々井の言葉を受けて、全身に力がみなぎってきた。

「あらあ、ご心配ありがとうございます」

私は明るい声で返した。

「でも私は津々井先生のほうが心配です。子飼いの弁護士に負けたとなると、日本一の法律事務所のマネージングパートナーとしてメンツが立たないでしょう」

私は床に放ってあった自分の鞄を拾い上げた。

「公序良俗違反による無効。面白い論点ですからね。多くの民法学者が興味を持たれていましたよ」

鞄から分厚い書類一式を取り出して掲げた。

津々井の顔色が変わった。

「それは、もしかして」

「ええ、意見書です」

裁判で法律解釈の問題が争いになる時には、学者からの意見書が勝敗を分けることがある。

そもそも、法律解釈は、理屈で簡単に答えが出るものばかりではなく、何時間議論しても答えが出ないことはままある。裁判だって同じことだ。双方の弁護士が意見し合っても収拾がつかないことがある。そうなれば、裁判官も判断に迷う。

そんなときに有効なのが学者の意見書である。大御所学者であれば、その学者の書いた教科書で学生時代に勉強をしたというような裁判官も多い。

あの教科書の先生がこちらを正しいと言っているのだから——と、裁判官の判断を誘導するために、意見書は絶好の材料となる。

「北から南まで、全国の民法学者に声をかけました。あの大御所学者や、新進気鋭の若手まで、私の立場に賛同してくれる学者も相当数いました」

津々井は一瞬目を見開いたが、すぐに平静な顔つきに戻った。

「ハッタリはやめたまえ。学者連中はとにかく保守的だ。こんな色物の事件に意見書を出すような奴はいない」

私は書類の束をゆっくりと鞄に戻した。

「ハッタリだと思うのなら、それでも良いですが」

「金はどうした。学者連中はガメついぞ」

そうなのである。意見書を書いてもらうには相当なお金を積む必要がある。薄給の学者の副収入として、意見書ビジネスは根強く存在しているわけだ。

「もちろん払いましたよ。先生がくれた、あの、やっすいボーナスが、多少は役に立ちました」

理不尽にボーナスを減額された恨みをここぞとばかりに晴らそうとした。だが、このくらいで収まる恨みではない。

津々井は、「ふふん」と鼻を鳴らすと、腕を組んだ。

「まあ良いでしょう。僕の側でも意見を出してくれる学者をあたってみますよ。この業界は長いから、付き合いの深い学者もいます」

私は、津々井の足元に目を落とした。

「そういえば、津々井先生。こんな事件の心配よりも、奥様の心配をしてはどうですか？」

津々井がけげんそうな顔をした。

「君、それはどういうことだね？」

「言葉通りの意味ですよ。全身ピカピカのスーツなのに、靴だけ汚れていますね。奥様は磨いてくださらないのかしら。もしかして、ご家庭に不和があるんじゃないですか？」

津々井は勢いよく立ち上がった。

「心配には及ばん！」

一段と大きい声で言った。

ゆでダコのように顔を赤くして、私のほうをにらんでいる。

津々井が感情をあらわにするのを初めて見た。いつもの穏やかな調子とのギャップでたじろぎそうになった。しかし、自分から吹っかけた喧嘩である。押し負けてはならないと、私も津々井をにらみ返した。

津々井は、自分のペースを取り戻すように、咳払いをひとつすると、

「金治さん、時間を無駄にしましたな。私たちは忙しい身だ。もうお暇《いとま》しましょう」

と言った。

金治も黙って頷き、津々井の後を追うように事務所から出て行った。

村山は、呆気《あっけ》に取られたような顔で私を見ていた。

「やっちまいましたね」

村山がしきりに頭をかいている。

「男のプライドを傷つけると、末代までたたられますよ」

「えっ？」村山の真意が分からず聞き返す。

「いやあ、津々井先生が気の毒だ。僕だったら耐えられない。チンケなことですがね、どんな男にも腹の中に、大切に、大切に、抱えているプライドがあるんですよ。これはもう、お金よりも、命よりも大事なものです。それを傷つけられたら、もう、生きていけない。自分が死ぬか、相手を殺すか。一騎討ちです」

私は事態が飲みこめずに混乱してきた。

「どういうことですか？　何の話をしているんです」

村山が身震いをした。

「家庭の不和、特に妻の浮気とかね。そういうものは、もう絶対誰にも知られたくないんですよ。飲み屋の姉ちゃんに愚痴るのはまだ良い。でも、こうやって仕事で顔を合わせている男連中には絶対に知られたくない。オレの中のオレ像が崩れますから」

私は頭を抱えた。

オレの中のオレ像ですって？

「ちょっと、何を言っているのか全然分からないわ。そりゃ、プライベートなことを暴露されたら嫌でしょうけど、死ぬとか殺すとか、そんな大袈裟なことじゃないでしょう」

村山はかぶりをふる。

「いいや、それが男にとっては大問題なんです。それもね、僕みたいな一見して萎《しな》びた男は、まだいいですよ。失うメンツが元々ありませんから。でもあの津々井先生は洒落者だし、プライドも高い。オレの中のオレ像を傷つけられた恨み、しかも、自分のクライアントの前でメンツを潰されたその恨み、相当なものです」

もちろん私もちょっと意地悪な気持ちで、一泡吹かせてやろうと思って言ったわけだけど、こんなに大ごとになるとは思っていなかった。

「とにかく、津々井先生は死に物狂いで麗子さんを潰しに来ますよ。学者の意見書を

「……かき集めるはずです」

私はフッと笑って、村山の言葉を否定するように手のひらをヒラヒラさせた。

「それは大丈夫です。こんなふざけた案件に意見書を書く学者はいません」

村山が驚いた顔を向ける。

「それでは、先ほどの書類は？」

「もちろんハッタリです。津々井先生は、取れもしない意見書を求めて奔走し、時間を空費することになるでしょうね。その間に、私たちは私たちの準備を進めましょう」

村山が私の顔を見て、ニヤリと笑った。

「麗子さん。こんなに荒技が得意なら、行儀よく渉外弁護士をしているよりも、案外町弁が向いているかもしれんな」

そう言いながら、村山はデスクに置かれた紙タバコの箱から元々ちょっと飛び出ていた一本を取り出し、火をつけた。

私は「ふう」と一息ついて、ソファに腰を沈めた。ソファの肘掛けに肘をつく。

「まだ警察は来ないのかしら。それにしても、盛り沢山な一日でしたね」

私が言うと、村山は煙を吹き出しながら、

「ええ、本当に」

と言うや否や、急に咳き込み始めた。

私はサッと立ち上がって、「水飲みますか」と声をかけたが、その時には村山は首元を押さえて、しゃがみこんでいた。

慌てて村山の元に駆け寄り、背中をさすった。村山が口をつけたタバコが床に落ちている。火が危ないと思って私はとっさに足で踏み消した。

「大丈夫ですかっ」

村山の顔はどんどん紫色になっていく。明らかに大丈夫ではない。

「麗子、さん……」

村山が苦しそうに言葉を絞り出している。

「この、じむ、しょ。あなたに、あげます」

村山の顔が苦しそうに歪《ゆが》んでいく。目は半開きで、口の端からはよだれが垂れている。

「えっ？　ちょっと？　大丈夫？」

訳が分からなくなって、

「こんなボロっちい事務所いらないわよ！」

と叫びながら、村山の背中をめちゃくちゃに叩いた。

「ちょっと！　村山先生、しっかり！」

村山が再び口を開こうとする。

そのとき、急に、救急車を呼ばなくてはならないと気がついた。

携帯電話を取り出そうとポケットをまさぐるが、手が震えて上手く取り出せない。

「わたし、と、あのこ……べんごし……ばっ！　ごええええっ！　ごぼっ」

何かを言いながら、村山が大きく咳き込んだ。

「あのこ、ぶん、ながいき、してくだ、さい」

絞り出すようにそう言ったのを最期に、村山は動かなくなった。

昼寝中の猫のように、村山は背を丸めて片方の肩を床につけ、転がっている。サイズの合っていない背広がシワだらけになっている。

私はその背中に手を当てたまま、固まっていた。

少しでも動くと、何かが全て壊れてしまいそうな気がした。

「すみませーん！　空き巣の被害に遭われたのはこちらでしょうか？」

階下で叫ぶ声が、耳鳴りのように遠く聞こえた。

「警察です。今上がっていきます。大丈夫ですかっ？」

威勢の良い声とともに、階段をのぼる足音がした。

第四章　アリバイと浮気のあいだ

1

警察署から解放されたときにはとっぷり日が暮れて、新幹線も電車も動いていない真夜中ちかくになっていた。

私は自分が体験したことを洗いざらい話した。

元カノたちの集い、「暮らしの法律事務所」で遭遇した空き巣事件、津々井とのやりとり、そして、村山の死について。

村山が口にしたタバコの吸口には、毒物が塗ってあったという。もちろん詳しくは教えてくれないのだけど、死亡後数時間のうちに毒物を特定できているということは、入手しやすい反面、特定もしやすい、メジャーな毒物が用いられていたのだろうと推測できた。

第一発見者であり、死に際に一緒にいた私が、最も疑いの濃い容疑者だろう。

しかし、タバコの箱には私の指紋は残っていないはずだし、手袋のように指紋を隠せるものは私の手荷物からも現場からも見つからないだろう。さらに、私は自ら警察に連絡して、事務所に来るよう依頼をしている。そういった諸々の事情を考えると、すぐに容疑者リストから外れるだろうと踏んでいた。

警察は万全を期して、私を任意で署内の留置所にとどめ置こうとしたものの、さすがに相手が悪かった。

興奮して頭が冴え渡っていた私は、刑事訴訟法の条文と判例を引用しながら、無理な捜査をしてその後の裁判で違法捜査と判じられた暁には、担当警察官のキャリアがどのような末路を辿るのか云々について、とうとうと述べ立てて、取調官をうんざりさせた。

粘って勝ち取った釈放だったものの、電灯もない、交通量も少ない寒空の田舎道に、ひとり放り出されたにすぎない。

途方に暮れつつもタクシーを呼んで駅前まで行けばホテルがあるだろうと、携帯電話でタクシー会社を検索していたところで、一台の車のライトがどんどん近づいてきて、私の前でとまった。

助手席の窓があいて、そこから雪乃が、真っ白な顔をひょいとのぞかせた。

「今日は遅いし、うちに泊まっていけばいいわ」

女友達をお茶に誘うような気楽な口調だった。

私は一瞬、何かの罠《わな》ではないかと身構えたが、これからホテルを探すには自分が疲れすぎていることに気づいて、雪乃の言葉に甘えることにした。車に乗りこむと、

「どうして私がここにいるって分かったの？」

と、後部座席から雪乃に尋ねた。

「警察が電話を寄越したの。あなたが言っていることの裏取りってやつかな。今日あったことを色々聞かれたわ。正式な事情聴取はまた別にあるようだけど」

雪乃は助手席から、軽く振り返りながら話した。

警察のほうで犯人に目星がついておらず、幅広く関係者に聞き込みをする段階なのだろう。

運転席には、雪乃の夫、拓未がいた。栄治のいとこであり、紗英の兄でもある。

「うちは狭いし、大したものはありませんが、足りないものがあったら買いに出ますから何でもおっしゃってください」

と言ったきり、黙々と運転している。

後ろから見るだけでも、身体を鍛えているのが分かる大きな男だった。

車内は薄暗かったが、目を凝らしてルームミラー越しに顔を盗み見た。予想通り、顔つきもいかにもスポーツマンらしく引き締まっていた。イケメンというわけではなく、どちらかというとジャガイモのような顔だけど、どこか人の良い爽やかさがある。

雪乃にいいようにあしらわれ、尻に敷かれているに違いないと想像してしまう。

拓未と雪乃の家は、不便な郊外にあるものの、決して主人が言うほど狭いものではなかった。

四角いコンクリートの平家が、左右に広く延びている。いかにも近代建築といった感じの、すっきりした造りだ。栄治が静養していたレトロな洋館と比べると、冷たい印象のある華やかさがあった。

家主が死んで時が止まった栄治の別荘と、未だに繁栄の最中にいる拓未の家を見比べて、私はなんとなく、いたたまれない気持ちになった。

若くして死んだ栄治は無念だっただろう。何を思って死んだのだろう。そんな当然の疑問が、今になって急に湧いてきた。

中央の大きいドアを開けると、寝転がれるほどのたたきがあり、上がり框《がまち》から先は大理石が広がっていた。明るいＬＥＤライトに照らされた屋内は、壁も床も全体的に白い。

ふわりと柔らかいスリッパを履いて廊下を進むと、車道に面していない側の壁面はガラス貼りになっていて、その先に庭が広がっていることが、その壁面にかけられているカーテンのすき間から見てとれた。

リビングルームに置いてあるソファは海外高級メーカーのものだし、その上に置いてある四つのクッションもベロアの美しい起毛具合からして上等な品だった。庭につながる勝手口の前に無造作に転がっている外履きスリッパすら有名ブランドのものだった。

私は雪乃に勧められるまま、ジェットバス付きの風呂に入った。甘い入浴剤の香りと、真っ白い泡に包まれながら、私はぼんやりと湯船に浮かんでいた。

人が死ぬのはおそろしいことだと思った。

栄治の訃報を聞いたときには、恐れも悲しみも湧いてこなかった。

少しずつ栄治の周囲の人と関わるにつれ、栄治が死んだという実感と、悲しさが湧いてきた――ような気がしていた。

しかし、村山の死を目の当たりにすると、栄治の死に対する私の実感なんて、オモチャみたいなものだと思えた。苦しそうに咳き込む村山の顔が一瞬、頭をよぎったが、私はすぐにそのイメージに蓋をした。

――あの子の分まで、長生きしてください。

村山は死に際、そう言っていたように思う。

「そんなこと言われてもなあ」

内心とは裏腹に、呑気な調子の声が出た。

「あんなボロっちい事務所、いらないよ」

そう口にした瞬間、急にぼろぼろと涙がこぼれて頬を伝った。

泣くなんて何年ぶりだろうと思ったが、最後に泣いたのがいつだったのか、思い出せなかった。

涙は流しっぱなしにして、口を半開きにしたまま、私は白い天井を眺めていた。

タバコに毒物が塗られていたということは、自殺や事故ではなく、殺人だろう。あの部屋に入ったときから、紙タバコの箱は事務机の上に置かれていた。ということは、私たちの直前に事務所に入った人、つまりあの事務所から金庫を盗んだ人物が圧倒的に怪しい。

タバコの吸いがらで灰皿がいっぱいになっていたから、初めて事務所を訪れた人でも、村山がヘビースモーカーであることは分かっただろう。机の上にある紙タバコの箱から一本抜きとり、吸口に毒を塗って、箱に戻す。毒付きのタバコの頭がちょっとだけ箱から飛び出すようにしておけば、自然と村山は毒付きのタバコを最初に口にすることになる。ごく簡単な犯罪だ。

問題は、誰があの金庫を盗んだのかということだ。

栄治の遺言状の原本を紛失させて一番得をするのは、間違いなく金治夫妻だ。しかしあの時の金治の反応を思い出すと、彼の差し金だとは考えにくい。

次に得をするのは、兄の富治。栄治の財産は法定相続人である金治夫妻に一旦帰属するものの、夫妻亡き後は富治の手元に財産が戻るはずだからだ。しかし、ポトラッチについてあれだけの大演説をして、栄治に財産を贈与した経緯について語っていた男が、その財産を取り戻そうと行動するのは想像がつかない。

それでは、金治の姉弟の真梨子と銀治はどうだろうか。この二人はもともと栄治の財産の法定相続人ではない。だから、栄治の遺言がなくなったからといって、特段、得をすることはない。

定之はどうか。栄治の遺言が執行されて、森川製薬の経営上都合の悪い人物が新株主になると、定之は困る。遺言をなしにしてしまえば、そういった心配はなくなるわけだ。遺言状の原本がなくなって得をするとも思える。しかし、気に食わない新株主候補に対しては、「犯人とは認めない」と言い続ければ良いだけだ。他方で、栄治の遺言がなしになると、栄治の保有していた株式持分は、森川製薬の経営上で敵対している金治夫婦のものとなる。これは定之にとって面白くない展開のはずだ。

それでは、拓未はどうか。栄治が死んで一番得をしたのは、実は拓未かもしれない。富治は経営に興味がないし、唯一のライバルだった栄治がいなくなれば、次世代の森川製薬のトップは決まったようなものだ。それはそうなのだけど、栄治の遺言を紛失させて得をするようなことは特にないはずだ。

紗英は？　栄治直筆の品を形見に欲しくて盗むとか？　突飛なことだけど、紗英ならやりかねないと思って笑ってしまった。

ひととおり考えてみたけれど、やはり答えは出ない。

もしかすると、栄治の遺言一式と一緒に入っていた、ちょっとした書類のほうが盗人の狙いなのかもしれない。そうなるともう、どこの誰だか見当がつかないし、お手上げだ。

風呂もぬるくなってきたし、このままぼんやりしていると湯船でうっかり寝てしまいそうでもあったので、私は風呂からあがることにした。

寝巻きに着替えて、リビングルームに顔を出すと、雪乃がソファにうなだれるようにして座っているのが見えた。もともと白い肌は、白を通り越して青々しい感じすらした。

何か、考えごと、しかも、かなり深刻な類いの考えごとをしているように見える。

私はなんだか見てはいけないものを目に入れてしまったような気がして、こっそり自室に引き返そうと踵《きびす》を返したが、

「ああ、麗子さん、いたのね」

あっさり雪乃に見つかり、

「ちょっと話したいことがあるんだけど、いいかしら」

と呼び止められた。

私には雪乃と話すようなことはないと思った。だが、これも一宿の恩、大人しく雪乃の正面のスツールに腰を掛けた。

雪乃はガウン姿でスッピンのようだったが、それでも美しかった。むしろ化粧をしている時よりも透明感が増しているようにすら思えた。細くて長い伏しがちなまつ毛をまたたかせながら、雪乃は口を開いた。

「一月二十九日の深夜、あなたは何をしていたかしら？」

突然そんなことを聞かれても、すぐには答えられなかった。

「どうしてそんなこと訊くの？」

と押し返してみたが、雪乃は、

「いいから答えて」

と引かない。

もはや前世での出来事のように遠く感じることだけど、一月三十一日に当時付き合っていた信夫とデートをし、彼からのプロポーズを断った。あれが日曜日のことだったから、二十九日は金曜日である。

「金曜日の夜なら、私は仕事をしていたと思う」

「男の人って、みんなそう言うのよね」

雪乃は私の顔をギロリと見た。

「あなたは女性ですけどね」

何を問い詰められているのだろう。

栄治がなくなったのが三十日の未明であったことを思い出した。一月二十九日の深夜というと、死の直前である。しかし、栄治はそのずっと前からインフルエンザにかかっていたのだし、栄治とは関係のないことかもしれない。

「それじゃ、これは何かしら？」

一枚の画像がうつし出された携帯電話を、雪乃が差し出した。

スケジュール帳の一頁を携帯電話のカメラで撮影したものらしかった。

「これ、拓未さんのスケジュール帳よ。ここ見て」

雪乃は一月二十九日金曜日の欄を指し示した。

そしてそこには、

『二十時、帝国ホテル。剣持さん』

と書かれていた。

私は思わず「えっ」と声を出し、顔を上げて雪乃をまじまじと見つめた。

「私じゃないわよ、これ」

否定したが声がかすれて、逆に怪しい感じになった。

「確かにちょっと珍しい名字だけど、日本には何千人と剣持さんがいるんだから」

と言い返すものの、いかにも苦しい。

雪乃は斜めに私を見て、

「でも私が知っている剣持さんはあなただけなの」

と、落ち着き払った口調で言った。

「ねえ、正直に話してよ。怒らないから」

雪乃は私をじっと見つめた。

潤んだ瞳が可愛らしいと思ったものの、これに騙《だま》されてはいけない。そもそも「怒らないから」と言って本当に怒らなかった女を私は見たことがない。

「いやいやいや、本当に違うって。私、事務所で仕事していたもん」

「金曜の夜なのに？」

雪乃は明らかに疑っている。さっぱりした女のように見えて、案外、夫の浮気に気を揉むタイプなのだろうか。

「世間のサラリーマンの基準で言えば金曜の夜は一杯飲みに行こうかというところかもしれないけど、私の業界じゃ普通にガッツリ仕事しているわよ。だいたい毎日深夜の一時か二時まで働いているし。普段から二十四時より先に帰ることはないのよ。クリスマスの時期にね、事務所の周りでイルミネーションをしているらしいのだけど、私、一度も見たことないの。だって、イルミネーションって二十四時には消灯しちゃうから、私が帰る頃には真っ暗なんだもん」

余計なことまで早口でしゃべり立てて、妙に嘘っぽく聞こえていそうだ。

そもそも私を家に泊めようとしたのも、このことについて問い詰める機会を得るのが目的だったのではないだろうか。

「他の予定はボールペンで書かれているのに、この予定だけ鉛筆で書かれているのよ。何だか怪しいなと思って写真を撮っておいたんだけど、しばらくしてもう一度スケジュール帳を見たら、消されていたわ。怪しいと思わない？」

夫のスケジュール帳をのぞき見る妻が本当にいるとは恐ろしいことだ。しかも雪乃はそれをさも当然のような顔をしている。その厚かましさに私は呆れてしまった。

「だいたいね、人のスケジュール帳を勝手にのぞき見るのが間違っているのよ。そんなみみっちいことしてないで、さっさと歯でも磨いて寝なさいよ」

思わずオカンのような説教をした。

雪乃は、声を低くして言った。

「私にも関係があることなのよ。最近、うちに無言電話がかかってきたり、ポストにナイフが入っていたりするの」

「そんな回りくどい嫌がらせを、私がするわけないじゃない」

私がピシャリと言うと、雪乃は自分を納得させるように、しきりにうなずいて、

「そうよね。私の考えすぎかしら」

とつぶやいた。

「警察には？」

雪乃は首を横に振った。

「まだ通報していないの。地元の警察に安易に駆け込むと、森川家の評判に関わることもあるから」

大企業の創業者一族に嫁ぐと、夫の浮気や浮気相手からの嫌がらせのようなことで、安易に騒ぎ立てることができないのだろうと想像した。

「そのことは、拓未さんは知っているの？」

「言ってないわよ。あの人は東京に行ってばかりで、気付いていないはず」

雪乃の話によると、軽井沢の盆地に、森川製薬の大きな工場があるらしい。新婚当初は、拓未は工場に出向くことが多かったため、工場近くのこの場所に新居を構えた。ところが最近は、新薬の発売の準備があると言って、東京に出ていき、数日帰ってこないこともあるという。

「もう一度訊くけど、この剣持さんは麗子さんじゃないのね？」

雪乃は上目遣いで私をじっと見た。

「もう、馬鹿馬鹿しい！　その剣持さんは私ではありません。警察に言えないなら、探偵でも雇って調べてみればいいじゃない。私はもう寝るから」

宿を借りている身であることも棚に上げ、大股でずいずいと自室に戻り、私はクイーンサイズのベッドに大の字で寝転がった。

私は雪乃の話を反芻《はんすう》しながら、拓未のジャガイモのような顔を思い出した。どちらかというと実直な印象で、浮気をするようなタイプには見えなかった。とはいえ、拓未のきびきびした動きや、全身から放たれるエネルギーの大きさを考えると、相当な野心家であることはうかがい知れた。そして不思議なことに、仕事に情熱的な男には、どんどん女が寄ってきて、自然と浮気の機会は増える。これは確かだ。

しかし今どき、無言電話をかけるとか、ポストにナイフを入れるとか、そんな古典的な嫌がらせをする女がいるだろうか。

本当に浮気なのだろうか。

拓未のスケジュール帳から消された予定。

帝国ホテル、剣持――。

ぼんやりとその言葉を思い浮かべた瞬間、私の頭に雷のような衝撃が走った。

これは何かあるかもしれない。いや、あるいは、ただの偶然か？

しかし、一度思いついた以上、確かめてみないと気が済まない。

私は馴染みの探偵事務所に一本メールを打った。

携帯電話を脇に置くと、次第に身体がベッドに吸い込まれるように沈んでいき、いつの間にか深く眠ってしまっていた。

2

睡眠とはいいもので、前の日についた悪霊が全て抜け落ちてしまう気がする。

ふかふかのベッドで一晩寝たら、次の日にはすっかり元気になっていた。

冷えた軽井沢の朝の空気を思いっきり吸い込むと頭はすっきりと冴えてきたし、雪乃が用意してくれたカリカリベーコンやロールパン、スクランブルエッグなどからなる本格的な洋朝食もペロリと平らげ、食後のブレンドコーヒーまで味わった。根が能天気で、くよくよ悩まない自分の性格に感謝しなくちゃいけないと思う。

私は身支度を済ませると、拓未の運転する車で、軽井沢駅まで送ってもらった。ついてくる必要のない雪乃まで同乗している。私を送った帰りに警察署に寄って、事情聴取を受けるらしい。すでに昨夜のうちに朝陽が事情聴取を受けているようだ。昨日村山が顔を合わせた人間には一通り話を聴いていくのだろう。

今ごろは、私が昨日乗った新幹線の予約状況を確認したり、屋敷に向かうまでに利用したタクシーの会社へ照会をかけたりしているはずだ。

多くの供述や証拠を集めれば集めるほど、私の供述の正確さが裏付けられるわけだから、私が村山殺しの容疑者から外れるためにも、警察にはしっかり働いていただきたいところだ。

新幹線に乗ろうと、ホームに上がって行くと、二月の高原の、きりりと冷たい空気が頬に当たった。朝の早い時間のことだ。ホームには人がまばらである。タンタンタン、という素早い足音が近づいてきて、後ろから声がした。

「剣持さんですか？」

私が振り返ると、スーツにチェスターコート姿の中年男が二人立っている。一人は坊主姿で、もう一人は坊ちゃん刈りに近い髪型をしている。

どちらも身長はそう高くないが、胸板はしっかりしていて、何らかの武道を修めているように見えた。

「このような者です」

と、二人のうち坊ちゃん刈りのほうが警察手帳を開いて見せた。

私は少し目を見開くと、もう一人の坊主頭のほうに視線を移した。すると、坊主頭の男も渋々といった感じで警察手帳を取り出し、バッジホルダーを外して見せた。

二人とも、昨日の事情聴取に出てきた者ではなかった。

「長野県警の刑事さんが、何の御用ですか？」

私は注意深く言葉を選んだ。

私は村山に何もしていないのだし、何を聞かれても、何一つ困ることはないはずだ。

「東京にお戻りになる前に、追加でいくつかお伺いしたいことがあるのです。署まで同行いただけますか」

私はなんだか嫌な予感がした。追加で聞きたいことがあるなら、昨日の事情聴取の際に教えた電話番号に電話してくれれば良いはずである。こうやってわざわざ訪ねてくるということは、連絡をよこすと私が姿をくらます可能性があると思われているに違いない。

つまり、私にとって不利な形で、疑いがかけられているのだ。

「お話は、ここでできます」

私ははっきりとした口調で応えた。警察署まで行くと、事がややこしくなると直感していた。

刑事二人は互いに意を通じ合わすように、ちらりと視線を交わした。昨日、警察署での事情聴取の様子は聞いているだろうから、私が警察にとって面倒なタイプの人間だということは、知っているだろう。

「それでは、ここで簡単にお伺いしますが」坊ちゃん刈りのほうが口を開いた。

村山が死ぬまでのことを思い出しながら、身構えた。しかし続く質問は、予想外で、しかも聞き覚えのあるものだった。

「一月二十九日の深夜から翌三十日の未明にかけて、どこで何をされていましたか?」

昨日の雪乃とのやりとりがあったので、この質問には直ちに答えることができた。だが、すぐに答えるのも不自然だ。

私は自分のスケジュール帳を開いて、少し考える振りをした。

「ええと、金曜日ですから……仕事をしていました。東京、丸の内にある法律事務所です」

刑事たちは続けて、それを証明できる者がいるか、その者の連絡先などを訊いてきた。

私は同室の後輩、古川と一緒に深夜過ぎまで仕事をしていたことを答えると、刑事たちは満足そうにうなずいた。そして一呼吸おくと、坊ちゃん刈りが、

「剣持さんは、森川栄治さん殺しの犯人選考会に、犯人の代理人として参加されたとか？」

私は息をのんだ。どこからどう警察に漏れたのだろう。絶対の守秘義務などと言いながら、素人のやることはこれだから嫌になる。

しかし私はすぐに、無表情を取り繕った。

ここで動揺するわけにはいかない。

「職務上のことは、案件の受任の有無も含めて、何もお答えできません」

坊ちゃん刈りと私の視線が、空中でかち合った。

「あなただって、分かってらっしゃるでしょう。私は職務上の守秘義務で、何も話せませんし、あなた方は、私から情報を聞き出す権限は何もありません。どうしてもと言うなら、裁判所から令状をとってきてください」

新幹線が到着するというアナウンスが流れ、まもなく轟音《ごうおん》と共に、新幹線がホームに滑り込んできた。

私は刑事たちに背を向けると、新幹線に乗り込んだ。

背中から、

「人が死んでるんだぞッ!」

と怒鳴る声がした。

首だけ動かして振り返ると、坊主頭のほうが、顔を真っ赤にしていた。

「それでいいのか。弁護士だからって、お金を積まれたら、なんでもやるのか」

その言葉を聞いて、私は自分の腹の中で、妙に燃え上がるものを感じた。

なんでもやるに決まっている。

それの何が悪いというのだ。

警察官が犯罪者を捕まえるために必死なのと、弁護士が依頼人を守るために必死なのは、何も違わない。

いつの間にか、身体ごと振り向いて、新幹線の乗り口を挟んで刑事たちと向かい合っていた。

「当たり前です」

坊主頭の刑事の目を見て、私はきっぱり言い放った。

「それが私の仕事ですから」

発車の音楽が流れ、新幹線のドアが勢いよく閉まった。

私は刑事たちに再び背を向けると歩き出し、自分の座席についた。

動き出した新幹線の振動を感じながら、私は深呼吸をした。

面倒なことになってきたと思った。

どこかから、犯人選考会の情報が漏れたらしい。そのうえで、これまで「森川栄治は病死だ」として取り合ってこなかった警察が、今になって動き始めている。

栄治の死亡時刻は、一月三十日の未明だったはずだ。一月二十九日の深夜から三十日未明にかけての動きを訊かれたのは、栄治殺しのアリバイ確認だろう。

どういうことなのかと、私は首をかしげた。

栄治が病死であることは、死亡診断書から明らかだ。もちろん、インフルエンザをわざとうつして病死させるのも、一種の殺人であることは間違いない。しかし、ただでさえ多忙な警察が、病死案件をひっぱり出して、わざわざ殺人事件として扱うのも不自然だ。

何か新しい情報が出回っているのかもしれないと思って、ネットニュースにざっと目を通したが、目ぼしい記事はない。

『長野県小諸《こもろ》市在住の五十代男性弁護士が死亡。体内から毒物が検出。他殺の疑いで捜査中』

という短い記事が出ているだけだ。

村山の歪んだ横顔、苦しそうに咳き込む音、まるまった背中が一瞬のうちに思い出された。

私はその残像をかき消すように頭を振った。少し頭痛がする。しかし、今は休んでいられる状況ではない。こめかみを押さえて、無理やりにでも頭を働かせる。

私の情報が警察に漏れるとしたら、昨日の村山の死亡事件の絡みだろう。自分が昨日警察に話したことを思い出したが、起きた出来事をそのまま話しただけで、栄治に関する情報を出したわけではない。

そのほかで警察と接触した人といえば、昨夜のうちに事情聴取を受けた朝陽だけだろう。

朝陽が何か、重要なことを知っていて、警察に話したのか？

ふと、依頼人の篠田のことを思い出した。本来は依頼人に状況を共有して、指示を仰ぐべきだ。しかしこの足で篠田に会いに行くのは危険すぎる。警察は私が栄治殺しの犯人を知っている可能性があると見ているようだ。警視庁の協力を仰いで、東京に着いた私を追尾し、私の依頼人を突き止めようとするかもしれない。刑事との接触後すぐに連絡を取った相手は疑われてしまう。いざ警察の差押えが入ったときに、メールや電話もよした方がいい。

依頼人を守るために、どうすればいいのだろう。私は文字通り頭を抱えた。昨日から立て続けに事件に巻き込まれて、めまいがする。

そのとき、まもなく高崎《たかさき》駅に到着する旨のアナウンスが車内に流れた。アナウンスは妙に慇懃に聞こえた。その声に耳を傾けているうちに、心が落ち着いてきた。ゆっくり頭をあげて、深呼吸を数度する。

大丈夫。私は剣持麗子だ。

このくらいのことに負けるわけがない。

だんだんと新幹線は減速を始めた。車窓から高崎駅のホームプレートが覗いた。

軽井沢に戻って、朝陽と話そう。

今私にできることは、なるべく情報を集めて、状況を把握することだ。

荷物をまとめて、停車と同時に立ち上がった。

軽井沢にトンボ返りをして、朝陽の勤める信州総合病院に着いた頃には、昼近くになっていた。朝陽が今日仕事なのかは分からないが、自宅の場所や連絡先を知らないから、勤務先に出向くほかなかった。

病院一階の総合受付で刺を通ずると、昼休みのタイミングで朝陽が職場を抜けてくるという。

病院の中庭へ抜けて、日当たりのいいベンチに腰掛けて、朝陽を待つことにした。受付の中年女性がそう勧めたからだ。

中庭といっても、病院の外側と複数の通路でつながっているらしく、風通しが良い。通路を覆うように、様々な樹木が植えられているようだったが、どの枝にも今は緑がない。

十メートルほど先の通路には、腰を大きく曲げた老女の座る車椅子を、若い男性看護師がゆっくり押している。その二人に降り注ぐ柔らかな光を見つめていると、世界は平和に回っているということを突きつけられるようだった。

私個人がどんなに忙しく動き回っていても、この世界にとってはそよ風ほどの影響もないんだな。そう考えると急に気が楽になった。肺に沢山空気が入ってくるのを感じる。のびのびとした爽快感すら抱いた。

院内に戻って、売店でコーヒーを買ってから、またベンチに戻ってきた。そうやってのんびり過ごしていると、やっといつもの私に戻ってきた感じがした。一旦調子を取り戻すと、一瞬のこととはいえ、どうして動転したのか、全く不思議に思えた。

ゆっくりとコーヒーを飲み終えた頃に、朝陽が現れた。受付の女性に、私の居場所を聞いたらしい。腕時計を見ると、私が病院に着いてから、三十分ほどが経っていた。

「お待たせしました」

朝陽はにっこり笑った。周りを明るくする、ひまわりのような笑顔である。

「麗子さん、あなたのほうから来てくれたんですね」

まるで、私と会うことを予期していたかのような口ぶりだった。


「隠すようなことじゃないから、全部話します」

警察での供述内容を問うと、朝陽はそう応えた。

「むしろ、私のほうから、麗子さんを訪ねようと思っていたくらいですし」

ベンチに並んで座った朝陽の横顔を盗み見た。よく日焼けして健康そうな顔つきだが、目の下にはうっすらと青黒いクマができている。

「私、栄治さんのエンゼルケアを担当したんです。エンゼルケアっていうのは、亡くなった方の身体を綺麗におそうじすることです」

朝陽がゆっくりとした口調で話し始めた。

一月三十日の朝八時、非番で自宅にいた朝陽は浜田医師の電話で起こされ、栄治の訃報に接した。担当看護師であった朝陽はすぐに栄治の屋敷に向かった。その場には、浜田医師と真梨子、雪乃がいた。

「浜田医師が栄治さんの死亡を確認して、死亡診断書を書くためにすぐに病院に戻った。病院から車が来て、栄治さんの遺体も一度病院に移ったの。そこで私がエンゼルケアをしました」

朝陽は、硬い表情のまま、自分の膝の上をじっと見つめている。

エンゼルケアと綺麗な言葉で片付けてしまうけど、実際には胃の内容物や排泄物《はいせつぶつ》を取り出したり、肛門《こうもん》に脱脂綿をつめたり、相当えげつないことをするはずだ。

朝陽は栄治が死ぬまで付き合っていた。つまり自分の恋人の遺体に対して、一体どんな神経をしていたら、そんなことができるのだろうか？

と、そう考えて、私はゾッとした。いつか森川製薬で紗英に言われたことを思い出した。

――親しかった人が亡くなっているのよ。まともな神経をしていたら、いくら仕事だっていっても、どうしても抵抗感があるものじゃない。

朝陽にとって、これは仕事なのだ。私が弁護士であるように、朝陽は看護師だ。彼女は彼女の仕事をしたのだろう。

「栄治さんに対して、私ができるのはもうそれくらいだったから」

朝陽の声が震えていた。

「だから、公私混同と非難されるかもしれないけど、ふつうよりもずっと丁寧に綺麗にしようと思って丹念に身体を拭いた。そのとき、普通なら見つけられないようなところ、左ももの内側、付け根のところに注射痕があるのを見つけたんです」

「注射痕？　何かの治療の痕ではないの？」私が口を挟んだ。

「いいえ」朝陽はかぶりを振った。

「そんな部分に注射をする治療はしていない。不審に思って、主治医の浜田先生に上申したのだけど、結局その注射痕がなんなのかは分からなかったんです」

私は首をかしげた。そのような痕跡がある場合、通常「事件性あり」として解剖などに回されるのではないだろうか。その点を朝陽に問うと、

「法医人材が全く足りていないから、日本の死体の中で解剖されるのは一パーセント未満なんですよ」

一パーセント未満というと、日本の刑事裁判にかけられた被告人が無罪になる確率と同じくらいだ。絶望的な数字だというのがよく分かった。

「簡単にできる検査は全てやったけれど、結局死因は特定できなかったわ。だからもし解剖されたとしても死因が見つかる確率はかなり低い。それなら無用にご遺族の気持ちを乱したり、栄治さんの身体に傷をつけたりすることはやめようと浜田先生は言

ったわ」

「そういうものなのかしら」素直な感想を口にした。

職業人としては、そんな情緒的なことを言っていないで徹底的に調べるべきだと思うし、私ならそうするだろう。

朝陽は拳《こぶし》を握り締めている。

「私は納得できなかったから、浜田先生に何度もかけあったわ。でも、全然相手にされなかったんです。だから私は、こっそり注射痕の写真を撮っておいた。すぐに警察に駆け込もうかと思ったけれど、浜田先生にかなり強い調子で止められたから、身動きが取れなくなっていました」

朝陽は身体の悪い母と二人暮らしであるという。家計を支えるために看護師として日夜働いていたが、非正規職員であったために給与は安かった。ところが、栄治付きの看護師になったタイミングで、浜田先生の取り計らいにより、正職員となることが決まったのだという。

有り体に言えば、「事を荒立てると、非正規に戻すどころか、この病院から追い出すぞ」と浜田先生に脅されたというわけだ。院長選が近いから、自分の担当していた患者が変死を遂げたということがキズになるのを避けたかったのかもしれない。

それにしても、私だったらそんな脅しをされても警察に駆け込むだろうし、逆にこのことをネタにして相手を脅し返すくらいのことをするかもしれない。きっと朝陽は、私のような攻撃タイプではなく防御タイプだから、脅しに対して身を縮めて耐えることはできるけど、反撃に打って出たりするのは苦手なのだろう。

「でも、昨日の夜、村山さんの事件のことで警察から事情聴取を受けたでしょう。刑事さんたちを目の前にして、こんな機会はもうない、ここで言えなきゃ私は看護師としても栄治さんの恋人としても失格だと思って、先ほどの話をしたんです」

決意が鈍らないうちに、注射痕を写した写真も警察に渡したという。

私は、人の良さそうな朝陽の丸顔をまじまじと見つめた。

感心してしまった。意気地なしには意気地なしなりの闘い方があるわけだ。どんなに深い谷底だろうと躊躇《ちゅうちょ》なく飛び込める私と違って、彼女は相当怖がりながら、それでも一歩を踏み出したのだろう。

「えらいよ。勇気を出したのね」

いまにも泣き出しそうな朝陽の背中をさすった。

「栄治の遺体から不審な注射痕が発見されたから、警察が動き出したというわけね」

朝陽から聞いたことを頭の中で反芻した。妙な遺言が残っていて世間を騒がせている状況の中で、その遺言の主に不審な痕跡があったのなら、腰の重い警察が捜査を開始してもおかしくない。

ただ、そうだとしても、私が犯人選考会に参加する代理人だという情報は、どこから入手したのだろう。

泣き出しそうな朝陽を詰問するわけにもいかないから、

「ねえ、さっき、私を訪ねるつもりだったって言っていたけど、あれはどういう意味?」

と探りを入れた。

朝陽は顔をあげた。

「麗子さん、お願いです。私と一緒に、栄治さんを殺した犯人を捜して欲しいんです」

「私たちで犯人を捜す?」私は訊き返した。

「ええ。栄治さんは本当にインフルエンザで死んだんでしょうか。あの注射痕は、そう古いものではありません。きっと、何か別の理由があるように思います」

私は戸惑っていた。

犯人選考会に代理人として参加しているし、死因はインフルエンザという前提で、話を進めている。いくら犯人選考会の実質が、役員らによる「新株主選考会」だとしても、死因がインフルエンザ以外であることが明らかになるのは差し障りが大きい。

仮に栄治が別の理由で死んでいたとしても、栄治の死因の真相を暴くのは、私のやるべき仕事とは逆方向に働くことになる。

そうであるにもかかわらず、私にこの話を持ちかけているということは、朝陽は私が犯人選考会に参加する代理人だと知らないということだろう。警察にそのことを漏らしたのも朝陽ではないということになる。

それが分かっただけでも収穫であるが、朝陽の涙にほだされて、犯人捜しに協力するわけにもいかない。

「警察には全て話したんでしょう。それなら、警察が犯人を捕まえてくれるんじゃない」

我ながら適当なことを言って、とりあえず話を流そうとした。

朝陽は、カッと目を見開いて、口を一文字に結んだ。何かを改めて決意しているかのように見えた。そして、ゆっくり、口を開いた。

「さっき、警察が来て、浜田先生を連れて行きました。私が全て話したからです。医局を出るとき、浜田先生は私のほうを睨みつけた。私が注射痕のことを話したと気づいているんです。浜田先生が釈放された後には、私はきっと病院をクビにされると思います」

朝陽は、膝の上で拳を握った。

「それは覚悟の上だからいいのだけど、クビにされたのに、結局栄治さんの死の真相が分からなかったら、クビにされ損ですよね」

そう言って、私のほうを見て笑った。

そろそろ自覚し始めていたことだが、私は朝陽の笑顔に弱いようだ。

さっき刑事たちに詰め寄られたときは猛然と反論したというのに、こうやって笑いかけられると、自分の職責に背いてでも、何かしてやらないといけないような気がしてくる。北風と太陽の寓話《ぐうわ》のようだ。

しかし仕事を放棄して依頼人を裏切るわけにはいかない。

私は流石に思いとどまった。

「ちょっとさ、待ってよ。クビにされ損って言うけど。そういうの、経済学的には『サンクコスト』っていうのよ。すでに投入した費用は、今撤退してもどうせ取り戻せないの。撤退せずにさらに資金や労力を投入して、さらに損失を増やすだけよ。そうやって、どうせ取り返せない損失を取り返そうとして、さらなる損失をうむことを心理学的には『コンコルド効果』と言って」

立て板に水のように話し始めた私を、朝陽はニコニコしながら見つめている。

「ちょっと、あなた聞いているの？　だから、クビになる件はさっさと諦めて、犯人捜しよりも職探しをしなさいよ」

朝陽は堪えきれないように、ぷっと吹き出した。

「麗子さんは、依頼人をきちんと守るんですね。私はそういうところが信頼できると思っているんです」

　私はぎくりとして、

「どういう意味よ」

　と即座に言い返した。

「麗子さん、犯人選考会に代理人として参加していますよね」

　朝陽が眉を上げてこちらを見た。

「どうしてそう思うの？」すかさず訊き返す。

　朝陽がどうしてそのことを知っているのか、疑問だった。

「だって、麗子さんと富治さんで、そのことを話していたじゃないですか。栄治さんの屋敷のリビングルームで」

　急に昨日のことを思い出した。

　あれは雪乃の到着を待っているときだった。富治に話しかけられて、つい応じてしまった。栄治の屋敷の中で、富治や紗英に囲まれていたから、森川一族の身内の会話という感覚でいたが、あの場には部外者の朝陽もいたのだ。

　自分のミスにがく然とした。

「それじゃ、警察にそのことを言ったのは」

「私です」

朝陽が事もなげに言った。

「事件解決のためですもの。昨日見聞きしたことは全て話しました。ただ、麗子さんの依頼人が誰なのかは知らないから、そこはもちろん、警察もつかめていないでしょうけど」

軽く目を閉じて、昨日の出来事を振り返った。確かに朝陽の前では依頼人が誰か分かるような言動はしていないはずだ。

もし本当に注射痕が原因で栄治が死亡したのなら、最終的に依頼人が篠田だとバレても、篠田が殺したわけではないことが明らかだから、それはそれで良い。だが最悪なのは、やはり栄治の死因がインフルエンザだと判定されたうえで、篠田が依頼人だとバレる事態だ。そうなった場合、篠田が刑事罰を受ける可能性がある。

「麗子さんに、犯人捜しを手伝って欲しいけど、別にそれはタダでというわけじゃないんです」

朝陽は拳を開いて、両手の指を組んだ。

「もし真犯人が見つかっても、栄治さんの遺産はあげないようにしましょう。麗子さんの依頼人が遺産を取得できるよう、私も協力します。栄治さんは『犯人に遺産を譲る』『犯人が刑事罰を受けることを望んでいない』って遺言の中で書いていたけど、私は逆です。犯人には一円も入って欲しくないし、きちんと刑事罰を受けて、罪を償って欲しい」

冬の日差しに照らされた朝陽の横顔をじっと見た。丸い瞳が満月のように綺麗だった。

「もし、私が断ったら？」

「そのときは、『剣持麗子は殺人犯に被害者の遺産を与えようとする悪徳弁護士です』って、ネットで拡散します」

私は自分の口から「ははは っ」と自然と笑い声が漏れるのを聞いた。

「分かったわよ。犯人捜しに協力する。ただし必ず遺産は、私が——いや、私の依頼人がもらうからね」

それを聞くと、朝陽は「よかったあ」と破顔し、両手を広げて私に飛びついてきた。

「ちょっと何すんのよ、やめてよ」

と朝陽を押し返しながら、全くこの笑顔に弱いんだよ、と心の中で呟いた。

3

その日の夜、仕事を終えた朝陽と落ち合った。

「ああ、もう、まとめサイトができてる」

朝陽が運転する軽自動車の助手席で、私はタブレット端末をいじりながら、漏らした。

「謎の遺言を残して死亡した御曹司、森川栄治。その顧問弁護士が殺害され、遺言状が盗まれる、だって。いつも思うんだけど、捜査上の秘密だとか言うくせに、警察はメディアに対して、アレコレ話しすぎよ」

私たちは話し合いの末、雪乃の家に向かうことにした。

死因を特定するためには、まずは遺体の発見状況を知る必要がある。栄治の遺体の第一発見者は、真梨子と雪乃だという。この二人なら、雪乃のほうが訪ねやすいし、事情を訊きやすいのは間違いない。

雪乃の家に着くと、駐車場に拓未の車がないのが目についた。留守かもしれないと思いつつインターホンを鳴らすと、少し間を置いて、

「どなた様でしょうか？」

という返事があった。少し怯えた雪乃の声だった。

雪乃が話していた通り、拓未は留守がちで、今夜も不在なのだろう。そんなタイミングで予期せぬ来客があったら、警戒するのも当然だ。

「雪乃さん、ごめんなさいね。私、剣持麗子です。ちょっと東京に帰りそびれてしまって、今夜も泊めてくれないかしら」

私は厚かましい要望を堂々と伝えた。

「えっ……麗子さん？　あっ確かに」

雪乃は、玄関側についているインターホン用カメラで私の様子を確認したのだろう。まもなく玄関が開いた。私だけでなく朝陽もいることに驚いたようだった。

夜に玄関口で立ち話をするのもはばかられたのだろう。困惑しつつも、私たち二人を家の中に上げてくれた。

私は勝手知ったる足取りでリビングルームに向かい、自分の家のようにソファでくつろいで、雪乃が入れてくれたハーブティーを口にした。

「えっと、それで、今日はどうして」

戸惑うように視線を泳がせながら、雪乃が口を開いた。

朝陽は姿勢を崩さずにソファに腰掛けていた。軽くお辞儀をしてから話し始めた。

「突然すみません。私たち、栄治さんの死因を確かめたいんです。栄治さんが亡くなっていた状況を教えてもらえませんか？」

雪乃の表情が一瞬で曇った。

「雪乃さんは、真梨子さんと一緒に、栄治さんを最初に見つけたんですよね」

朝陽の言葉に、雪乃は首肯した。蒼白な顔色は、もとの色白と相まって、いよいよ幽霊じみて見える。

「その時の状況はどうでしたか？」

「どうって、言われても」雪乃が細くて形の良い眉をひそめた。

「寝ているかと思って、近づいたけど、ビクともしないから……手のひらを顔の上にかざしてみたら、息をしている様子がなかった。手の甲に触れてみたら、もうその時には冷たかったから、びっくりして、私は飛び退《の》いたんだけど……」

「そのとき、真梨子さんは？」私が口を挟んだ。

雪乃は一瞬、すねたような表情を浮かべ、私をにらみつけた。

「そんなこと聞かれても、私も気が動転していたから」

分かるわけがないというような口調だ。普通の男なら、雪乃にこう冷たく対応されると、「ごめんね雪乃ちゃん」とオロオロするところだろう。だが私はこのくらいでは動じない。

「一月三十日の何時のこと？」

「朝の七時頃だったと思う」雪乃は言葉を選ぶように、慎重に答えた。

「そんな早い時間に、どうして栄治を訪ねたの？」私は腕を組んだ。

「それを聞いてどうするの」

雪乃は言い返してきたが、答えを考える時間を確保するための時間稼ぎのようにも見えた。

「いいから教えてちょうだい」

私がピシャリと言うと、そんなに強く誰かに命令されたことはこれまでの人生になかった、ショックである、といったふうに、雪乃は手のひらで口元を隠した。

「ええと、だから……」

戸惑う様子を見せながらも、雪乃は口を開いた。

「栄治さんの三十歳の誕生日パーティーがあったでしょ。来賓者へのお礼状の件で、真梨子さんが相談したいと言っていたの。私は用事はなかったけど、真梨子さんに付き合わされて……」

口ごもる雪乃を前に、私は出来の悪い生徒を見つめる教師のような気持ちになった。

雪乃は嘘をつくのは得意ではないようだ。むしろ不器用で、口下手ゆえに、何を考えているか分からないミステリアスな雰囲気が生まれている。その雰囲気に男はやられるのだろうと思えた。

雪乃は何かを知っていて、何かを隠している。

雪乃に話を聞いても遺体発見の経緯の確認がせいぜいだろうと予想して、あまり期待していなかったのに、思わぬ収穫だ。

私は朝陽に視線で促すと、朝陽はうなずいて、

「聞いていただきたい話があるんです」

と、栄治の左もも内側、付け根のところに注射痕を発見したこと、他殺の可能性があることを説明した。

その話を聞く雪乃の様子は異様だった。切れ長の目を見開いている。しかしその目は、開いているだけで、何も映していないようにうつろだ。膝の上で組んだ自分の手に視線を落としている。組んだ手は細かく震えていた。

見ていて、なんだか気の毒になった。あれは確か、前に一度、刑事事件を担当したときに、同じような反応を見たことがある。共犯者が捕まったと聞いたときの、被疑者の反応だった。感情を殺して、なるべく平静を保とうとするその努力が、むしろ湧き上がる感情の強さを表してしまっているようだった。

沈黙が数分続いただろうか。雪乃が突然、首だけでこちらを向いて、

「私が殺したんです」

と言った。

朝陽と私は顔を見合わせ、同時に「えっ」と漏らした。

何か知っているかもしれないと思っていたが、そうくるとは予想外だった。

「雪乃さん、そんなことって」

朝陽の声が震えている。朝陽は看護師として森川家に出入りしていたから、事件前から雪乃を知っている。そのぶん、驚きが大きいのだろう。

雪乃は何かを振り切るように、かぶりをふった。真っ黒な髪の毛が一筋、額の上にのって、妙に色っぽかった。

「栄治さんはマッスルマスターゼットを投与して、その副作用で死んだ。でもそれは、私のせいなの」

「マッスルマスターゼット？」朝陽が目を丸くした。

聞き覚えのある単語だった。

自分の脳内を検索して、思い至った。

もうずいぶん昔のことに思えたが、犯人選考会に参加する前に調べたことだ。

森川製薬から発売予定の、遺伝子レベルで筋肉を増強してくれるという新薬である。

その新薬に、副作用があったというのか。

「私のせいで、栄治さんはマッスルマスターゼットを自分に投与したのよ」

雪乃は、声を震わせながら話し始めた。

雪乃は、栄治と別れて拓未と結婚してからも、たまに栄治の屋敷を訪れていたという。

うつ病に苦しむ栄治を側で見ているのが辛くなって距離をとったものの、それでも放っておくことはできなかった。しかし栄治を捨てて拓未と結婚した以上、栄治に合わせる顔はない。

そこで雪乃は、早朝にこっそり森川家に忍び込んで栄治の様子をのぞいていたという。栄治は睡眠薬を飲んで寝るから、早朝であればまず目を覚ましていることはない。だから、栄治に気付かれることなく栄治の様子を確かめ、周辺を少し掃除したりして、自宅に戻る生活をしていたらしい。

幸い、屋敷には普段から鍵がかかっていなかったし、バッカスは雪乃には懐いていて吠えてこない。

誰にも教えない、自分のためのルーチンワークであった。

「罪悪感があったの。うつ病にかかった途端、栄治さんと別れたから。みんなが言うように、私は栄治さんを見捨てたのよ」

毎朝栄治の様子をうかがって、掃除をして帰ると、ほんの少しだけ、罪悪感が和らぐような気がしていた。

なるほど確かに、栄治は朝起きると前夜に比して部屋の物の配置が微妙に変わっていることがあると、友人の篠田に訴えていた。あれは雪乃の仕業だったのだ。

ところが、一月三十日の早朝、いつもの通り屋敷に忍び込むと、栄治の様子がおかしい。

布団は乱れていて、手に注射器を握っている。

寄ってみると、マッスルマスターゼットの注射器であることが分かった。雪乃は森川製薬の経営には一切タッチしていなかったが、マッスルマスターゼットの注射器は針や持ち手が太く作られていて、特徴的な形状であったため、報道の中で、注射器の外観写真がよく出回っていた。

雪乃はすぐに、マッスルマスターゼットを栄治が自分で投与したのだと思った。そしてもっと近づいて栄治を観察すると、栄治はすでに息をしていなかった。

「自分で打ったんでしょ？　どうして、雪乃さんのせいになるの？」

私が疑問を挟むと、雪乃は笑いながら泣くような、なんともいえない表情を浮かべた。

「栄治さんと別れる時、私はどうしてもうつ病を別れの理由に挙げることができなくて、『筋肉のない男は嫌い』って言ったの。それでそのすぐ後に、身体を鍛えている拓未さんと付き合いだしたから、『男はやっぱり筋肉だよなあ』って漏らしていたらしいわ」

予想よりもずっとアホらしい事情で私はびっくりしてしまった。

朝陽が食いつくように、

「私と付き合い始めた時も、『俺、筋肉ないけどいいかな』って言っていたのはそのせいだったんですね」

と割って入った。

「いやいや、筋肉がどうとか、大の大人が流石にさあ」

と、私は口を挟んだが、雪乃と朝陽は真剣な顔をしているので、私は二の句が継げなくなってしまった。少なくとも栄治は、真剣に悩んでいたのだろう。

とにかく雪乃は責任を感じたらしい。もともと栄治に対して罪悪感を抱えていたのだから、細かいことでも自分のせいだと感じてしまったかもしれない。

いつもであれば十分間ほどで屋敷を去る雪乃も、この日はパニックに陥って栄治の周りをオロオロ、ウロウロしていた。

そうこうしているうちに、栄治と会う約束をしていた真梨子が屋敷にやってきて鉢合わせる。

栄治の状態を見て、真梨子は別の方向でパニックに陥ったようだ。

マッスルマスターゼットは夫である定之専務の肝いりプロジェクトではあったが、その実、プロジェクトを推進しているのは息子の拓未だったという。真梨子も森川製薬の経営には関わっていなかったが、定之を通じて、拓未の活躍ぶりを聞いていたらしい。

栄治の死が公表されて、マッスルマスターゼットの致死性の高い副作用が明らかになると、定之の立場どころか、拓未の将来にも関わる。

真梨子はそう雪乃を説き伏せて、この状況を隠滅しようと企《たくら》んだのだという。

幸い、栄治はインフルエンザにかかっていた。注射器さえ処分してしまえば、誰が見てもインフルエンザによって死亡したものと思うだろう。注射器の処分を雪乃に命じ、真梨子は浜田医師を呼んだ。

そうして浜田医師が死因をインフルエンザとした死亡診断書を作成し、一件落着となったのだ。

「注射痕が残るはずだと思わなかったの？」

私が問うと、雪乃が言い訳するように答えた。

「ざっと見た感じ、栄治さんの身体に傷跡のようなものはなかったから、とにかく注射器さえどうにかすればいいだろうって、その時は思ったの。服を脱がせて確認するような余裕はその時はなかったわよ」

雪乃は「ふう」と一息つくと、

「私、警察に行ってくる」

と言った。吹っ切れたようなさっぱりとした口調だった。

「今朝警察で事情を聞かれたときは、どうしても話せなかったの。マッスルマスターゼットに副作用があるということが分かったら、開発中止、発売延期になるかもしれないでしょ。そうなると、拓未さんの仕事にも差し障りがあるから」

なるほど確かに、雪乃の立場に立ってみれば、元彼の死の真相をとるか、夫の仕事の都合をとるかという問題なのだろう。

「でも、真相をうやむやにすると、栄治さんも浮かばれないよね。私、これ以上、栄治さんに対してひどいことしたくない」

雪乃の目尻が濡れていた。私はテーブルの上に置かれたティッシュ箱から、我が物顔でティッシュを一枚とって雪乃に手渡した。

雪乃は顔にティッシュを当てながら、

「なんだか、麗子さんの家みたいね」

と笑った。


次の日の午前十一時、朝陽と私は、警察署の駐車場で雪乃を待っていた。

自動車が必須の地域に住んでいるというのに、雪乃は運転免許を持っていなかった。

そういう頼りなさが男を惹きつけるのだろうということは、容易に想像できた。

「雪乃さん、ちゃんと話せたかな」

私がそう漏らすと、朝陽は頷いた。

「大丈夫だと思います。雪乃さん、見た目以上に頼りないけど、頼りないと見せかけて、結構しっかりしていますから」

確か、紗英も同じようなことを言っていた。か弱そうに見せかけて、本当に自分勝手なんだから、とか。

「それにしても、マッスルマスターゼットの副作用による事故死だとすると、犯人不在ということになるんですよね？」

朝陽は、犯人の代理人としての私の仕事を気にかけているようだ。

「そうね。殺人じゃないということになれば、遺産は国庫に行くことになるけど。でも、森川製薬の役員たちにとっては、森川製薬の株式が国庫に行くとなると、結構面倒なはずよ。それよりは、話の通じる相手が相続したほうが経営上も安定する。その方向で、説得することになるわね」

金治社長と、平井副社長からはすでに票を取っている。残りは定之専務を説得できれば良い。

今回の件で、マッスルマスターゼットの副作用が明らかになったら、森川製薬の株価はさらに暴落するだろうし、マッスルマスターゼットの開発を進めていた専務派にとっては大きな打撃だ。そのうえ、定之専務の妻、真梨子が副作用隠しに関与していたとなると、定之専務自身の責任問題にも発展しうる。

結果として、他の二陣営に比して、定之専務の力は弱くなるだろう。結果オーライだ。

「でも、ちょっと変ですよね」朝陽が首をかしげた。

「栄治さん、かなり体調悪かったんです。食事も十分に取れないくらいで。放っておいても死んでしまうかもしれないというくらい。いくら筋肉が欲しいからと言って、そんなタイミングで、わざわざ筋肉増強剤を打ちますかね」

言われてみれば確かにそうだ。私は晩年の栄治を見ていないから、栄治の体調の悪さを具体的に想像することができない。だが身近で看病していた朝陽からすると、不自然に映るのだろう。

「そもそもあの薬は、筋肉が衰えてきたシニア向けのものだし。体力が落ちていく自分に危機感を抱いていたのかな」

私はそう言いながらも、確信は持てずにいた。

助手席で肘をつきながら、ぼんやりと考えに耽《ふけ》り始めたところで、急に、

トントン

と、窓を叩く音がして、私は跳び上がりそうになった。

私は驚いたときにはむしろ声が出ないタイプで、無言で、身体をこわばらせた。

外を見ると、窓の外から顔色の悪い男がこちらを覗いている。

富治だった。

私はほっと息をはきながら窓を開け、

「急に窓を叩くの、やめてもらえる？　びっくりするじゃない」

と、すかさず文句を言った。

「遠くから手を振ったんですが、お二人とも気付かないから」

富治は、ちょうど今朝、事情聴取を終えたところだという。村山の件について話をしたうえで、栄治のことも訊かれたらしい。

「お二人は？　麗子さんはもう東京に帰ったんじゃなかったの」

私は、朝陽と共に栄治の死因を探ることにしたこと、昨夜は雪乃から話を聞いて、そのまま雪乃の家に泊めてもらったことを説明した。

するとと富治は表情を一変させ、

「それなら、話したいことがあるんだが」

と言って、周囲に視線を走らせた。

ちょうど警察署の入り口から、事情聴取を終えた雪乃が出てきたところだった。

「あとで二人で、栄治の別荘まで来てくれないか。そこで話そう」

「話ならここで聞くわよ」

私はあっさり言った。まどろっこしいことは嫌いだ。

富治は、近づいてくる雪乃を横目で見ると、小声で、

「雪乃さんはいないほうが話しやすい。麗子さんと朝陽さんだけで来て欲しい」

と言い残し、足早に去っていった。

雪乃はけげんそうな顔で後部座席に乗り込みながら、

「あれ？　富治さんは何の用だったの？」

と言及したが、あまり興味はないようで、それ以上は訊いてこなかった。

雪乃を家まで送ると、その足で私たちは栄治の別荘に向かった。

雪乃の家と栄治の別荘は歩いても五分ほどの距離にある。車だとむしろ道路の都合で歩くより時間がかかるほどだ。雪乃が毎朝、栄治の別荘を訪ねたのも分かる距離感だ。

しかし、栄治の彼女だった朝陽からすると、これだけ近くに住んでいる元カノの雪乃が栄治の様子を定期的に見に来ていたことに、気持ち悪さを感じないのだろうか。

朝陽は紗英のような女と違って、女同士のいざこざに飛び込んで争うようには見えない。人との争いを避けるタイプで、包容力もあるから、案外平気なのかもしれないが。

一足先に別荘についていた富治は、リビングルームに暖房を入れて待っていた。

私はリビングルームの中でも一番座り心地が良さそうなベロア張りのソファに陣取った。朝陽は相変わらず背筋をピンと伸ばしたまま、末席のスツールに座っている。

「それで話ってのは？」

私が問うと、富治は右手で顎をさすりながら、

「ポトラッチだよ、ポトラッチ」

と応えた。

ポトラッチというのは、文化人類学者である富治の研究対象のはずだ。

いきなりどうしてそんな話を始めたのか。私はいぶかしんだ。

「栄治の遺言、あれはどういう意図だと思う？」

富治が私の顔を真っ直ぐ見つめた。体調の悪いブルドッグのような顔は相変わらずだが、そのつぶらな瞳は、すっと澄んで、知的な輝きを誇っていた。

私はとっさに、栄治の遺言の内容を反芻した。


僕の全財産は、僕を殺した犯人に譲る。

これは僕にとって、犯人への復讐だ。

与えることは奪うこと。


「栄治は、犯人に対してポトラッチを仕掛けたってこと？」

私の言葉に富治は頷いた。

「そうとしか思えない。僕はポトラッチについて栄治に話したことがある。だから栄治もその概念はよく知っていたよ」

富治は、自信に満ちた声で続けた。

「返しきれない贈り物をすることで、犯人を潰すつもりだったんだ。病床の栄治にできる復讐は、そのくらいだから」

「うーん」私は口を挟んだ。

「でもさ、ポトラッチって、贈り物を何度もし合って、少しずつエスカレートしていくって話だったわよね。こうやって一度にボーンとあげるのは違う気がするんだけど」

富治は満足そうに微笑んだ。

「さすが、麗子さん。目の付け所がいい」大学の授業のような口調だ。

「でも、だからこそいいんだ。返しきれないような大きな恩を相手にかぶせて、それに対する罪悪感や後ろめたさで、相手を精神的にむしばむところに、ポトラッチの本質がある」

下座のスツールを盗み見ると、朝陽は身体を富治のほうに向けながら聞き入っている。

一昨日、この部屋で富治がポトラッチについて話しているのを、朝陽も聞いていた。だから、この話は朝陽も理解可能なはずだ。

「恩を着せてきた人間が生きていれば、そのうち恩返しができるチャンスもあるかもしれない。しかし、今回のように死んだ人間が恩を着せた場合、それは返しようがないのだから、受け取った側は勝ち目のない戦いに巻き込まれたことになるだろう。そう考えると、遺言というのは、ポトラッチを仕掛けるのには最適な形態なんだ」

理屈の上ではありえなくもない。だが、こんな観念的な理由で、ここまで多くの人を巻き込んで、大掛かりな事を起こすだろうか。

そう考えていると、脇から朝陽が、

「栄治さんは、自分が誰かに殺されると予期していたってことですか？」

と言った。

私も、「確かにそうよね」と口を挟む。

「しかも、この遺言は、栄治さんが死ぬ数日前に作成されているのよ。そんなに正確に予期できるものかしら」

この辺りの事情は、村山から聴けたかもしれない話だ。そんなことを言っても、もう遅いのだけど。

「拓未の奴です。あいつが栄治を殺したんだ」

富治は、腕を組んで、低い声を出した。

「えっ？　拓未さん？」

と私は言いながら、朝陽のほうを見ると、朝陽も口を半開きにして、驚いている様子だ。

「さすがに、そんな」朝陽が小声を漏らす。

「いや、拓未が犯人だ。拓未への復讐として、栄治がポトラッチを仕掛けた。それがあの遺言ですよ」

富治はきっぱり言い張った。

「あいつは何か企んでいます。栄治が死ぬ前も、拓未と村山先生が何度も栄治を訪ねていって、何かこそこそと相談事をしていたのです。栄治が死ぬ直前、一月二十七日の夜は、この三人は数時間も話し合っていた。そしてその三人のうち、栄治と村山先生が相次いで亡くなった」

「一月二十七日というと、一通目の遺言が作成された日ね。翌二十八日には、二通目の遺言が作成されているわ」

私は、篠田と確認した遺言状末尾の日付を思い出しながら、補足した。

「でも、拓未さんが企んでいるって、一体何を?」朝陽が口を挟む。

「それは分かりません」

富治が大真面目な口調でそう言うから、私は思わず前方につんのめって、

「ええっ、分からないの」

と呆れた声が出た。

「でも、拓未と栄治はキャリア上のライバルだから、栄治が死んで一番得をするのは

拓未です。それに、詳しくは知りませんが、これまでも、事業に必要だとか言って、拓未が栄治に金の無心をすることもあったようです。栄治は拓未にいいように使われてきたのです」

富治の言葉の端々に、弟・栄治への哀憫《あいびん》と、その栄治を食い物にしたという拓未への嫌悪感がにじんでいる。

「どう思う？」私は朝陽に訊いた。

朝陽は、一呼吸おいて、ゆっくり口を開いた。

「どうなんでしょう。私は仕事上のことは知りませんが。ただ、栄治さんはよく拓未さんの話をしていました。拓未はすごく仕事のできる奴だって、自慢げに。だから、二人の仲が悪かったとは思えないんです」

富治はかぶりをふった。

「栄治はお人好しなんだ。他人に嫉妬しないし、争わない。だからこそ、そういうところを拓未につけ込まれていたんですよ」

栄治のことをぼんやりと思い出した。確かに栄治は、根っからポジティブでナルシストだから、他人と比べて自分がどうといったことを口にしたことがない。卑屈な発言をしない男だった。だからこそ、私のような女とも、うまくやれたのだと思う。

きっと生まれた時から、兄の富治や両親に可愛がられて育って、めちゃくちゃに自己肯定感が高いのだろうとうかがい知れた。

「うーん」と私はうなって、頭の後ろで腕を組み、天井を見上げた。

「拓未さんが栄治を殺すにしても、マッスルマスターゼットを使うことはないんじゃない？　マッスルマスターゼットの副作用が問題になったら、一番自分が困るんだから」

「だからこそですよ」

富治がすかさず反論する。

「一番に自分が疑いから外れる方法を選んだんです」

私は天井を向いたままの姿勢で、目を閉じた。富治の言う理屈も分かるものの、こうやって話していても答えが出るわけがないし、らちが明かない。

と、そのとき、ちょうど外で物音がした。

目を開けて、窓のほうを向いた。

「バッカス！」

と呼ぶ男児の声がする。

「亮くんですね」朝陽が頬をゆるめた。

私は窓際に寄って、庭を見た。

亮がバッカスの小屋に近づいて、リードを手にしている。

「ああ、散歩に行くのね」

　バッカスはしきりに尻尾を振りながら、周囲を見渡した。そして、窓際に立つ私の姿を目に留めたようで、急に吠え出した。

　亮が左手に持ったリードを必死に引っ張って、バッカスの注意を私から遠ざけようとしている。

「全く、あの犬は何であんなに律儀に私を警戒するのかしら」

　とボヤいた。朝陽は微笑んで、

「亮くん、左利きを直すって言いながら、リードを持つ手は左なのね」

　と続けた。

　その言葉を聞いて、私は思わず固まってしまった。

　なんで気づかなかったんだろう。

　頭から冷水をかけられたように、たちまち目が冴えて、頭もはっきりしてきた。

「ねえ」私は朝陽に向き合った。

「栄治の注射痕、左右どっちのももにあったっけ」

　私の記憶では結果は分かっていた。しかし確認せざるを得ない。

　朝陽は戸惑ったように、自分の携帯電話のカメラロールを見返して、

「えっと、左ものの内側ですね、でもそれが」

とまで言って、固まった。

目を見開いている。

「そうか、栄治さん。家の中では左利きでした」

私はうなずいた。

「そう、左利きなのに、左の腿に注射するのはおかしいわ。誰かが栄治の左腿に注射して、右手に注射器を握らせた。そして、その犯人は、栄治が左利きだって知らない人よ」

朝陽は顎に手を当てながら、そわそわとリビングルームを歩き回り始めた。

「えっとでも、雪乃さんは、栄治さんが左利きだって知っていましたよね」

「うん。私たちが雪かきをしている時、栄治が左利きだったと言い出したのは雪乃さんだもの。左利きだって知っていたはず。栄治が死んでいるのを見つけた時も、栄治が右手に注射器を握っているのを見つけたら即座におかしいと思うんじゃないかしら。もし、そのときは気が動転していてうっかり見落としたとしても、後から気づくはずだし」

と私は続けて、はたと思い当たった。

そういえば、朝陽や私の間で、栄治が自分の家では左手を使うという話をしているとき、雪乃はハッとした表情を浮かべていた。あの時に、雪乃は他殺であることに気付いたのではないだろうか。

雪乃は、見た目以上に頼りないけど、頼りないと見せかけて、結構しっかりしている。朝陽の言うとおりだ。

「そうすると、雪乃さんは」朝陽が恐る恐るという感じで、口を開いた。「他殺だと分かっていたんですね。それなのに、栄治さんが自ら注射器を使用したということを、警察に供述したわけです。なんのために――」

「そんなの分かりきっている」私は朝陽の言葉を遮った。「自分の罪を隠すか、誰かをかばうしかない。雪乃さんはもともと栄治が左利きだと知っていたんだから、注射器を右手に持たせるようなミスをするとは思えない。つまり、雪乃さんが自分の罪を隠すセンはない。そうすると、誰かをかばっているのよ。そして、雪乃さんがかばう相手なんて一人」

そこまで聞いて、朝陽が、

「拓未さんですか」

と引き取った。

「あの紗英すら栄治が左利きだって知らなかったんだから、拓未さんも栄治が左利きだって知らなかったんじゃないかしら」

朝陽と私は顔を見合わせ、それから二人とも、富治のほうを見た。

富治は満足そうにうなずいた。

「だから、拓未だって言ったじゃないですか」

思えば、雪乃は一昨日の夜、一月二十九日深夜の拓未と私の行動について訊いてきた。あの時は拓未の浮気を疑っているに過ぎないと思っていた。

しかしあれは、何らかのきっかけで拓未が犯人だと思い至った雪乃が、拓未の事件当夜のアリバイを確かめようとしたのかもしれない。私が拓未と一緒に帝国ホテルにいたとなれば、それで一応アリバイは成立するからだ。

――ねえ、正直に話してよ。怒らないから。

浮気をされていたかもしれないけれども、それでアリバイが成立するならそれで良い。そう考えて雪乃は私にこう言ったのだ。

そのとき私のポケットの中で携帯電話が震えた。取り出して確認すると、一昨日の夜に調査依頼をした探偵事務所からの返信だった。

調査結果のご報告。

貴殿の兄、剣持雅俊氏は、○×大学経済学部において、森川拓未氏と同一のゼミに所属していたことが確認されました。

さらに詳しい調査が必要な場合は、別途調査費をお振込のうえ……。

私は文面をサッと読んで、動悸《どうき》が激しくなるのを感じた。

婚約者の優佳が、雅俊の「ポケットから帝国ホテルのレシートが出てきた」とぼやいていた。公務員の安月給で帝国ホテルを私用に使うとも思えないから、十中八九何かの打ち合わせだと思っていたのだが。

そして、拓未の手帳に記された「帝国ホテル、剣持さん」の文字。

雅俊と拓未は年齢としても同世代であるし、都内でエリート層が通う大学など限られているから、どこかで二人が接点を持っていてもおかしくない。二人とも薬事関連の仕事に就いたことからすると、同じような興味関心を持ち、同一のゼミに所属していたことも頷ける。

なにより、雅俊は厚生労働省に勤める官僚だ。所属組織名は長ったらしくて忘れてしまったが、医薬品の認可を統括する部署である。

明日には東京に戻ろう。私には確かめなくてはならないことがあった。

第五章　国庫へ道連れ《タグ・アロング》

1

それから二週間弱が過ぎた三月十四日。

西東京《にしとうきょう》市の駅前のカフェに私は座っていた。

こぢんまりとした駅ビルと商店街があり、少し行くともうビルの数は減って、住宅地と畑が広がるような土地である。

兄の雅俊がこのあたりから霞《かすみ》が関《せき》まで通勤しているのかと思うと、毎朝ラッシュが大変だろうと、そのことだけは気の毒に思う。それ以外の点については、情状酌量の余地がないのだけど。

この二週間、軽井沢の警察では浜田医師と真梨子が連日取り調べを受けていたという。

浜田医師は森川製薬から大量の薬を買い取る約束で、森川製薬から賄賂を受け取っていたらしい。院長選のためにどうしても金が入用で、森川製薬もそこに付け込んでいたというわけだ。

そして今回の栄治の死。

マッスルマスターゼットの副作用による事故を隠蔽《いんぺい》するために、また、これまでの賄賂受け取りの事実を公表されたくなければ、栄治の死を大ごとにしないようにと、真梨子はさらに金を積んで、圧力をかけたというのだ。

このスクープによって森川製薬の株は暴落。贈賄を主導していたとみられる定之専務が責任を取って、全ての役職から退いた。

私のもとには長野県警から何度か追加聴取の電話がかかってきていた。もっとも、マッスルマスターゼットの副作用による死亡というセンが濃厚になってからは、その電話も落ち着いていたし、監視の目は薄くなっていると感じていた。

朝陽は栄治が左利きであることを警察に追加で供述したが、捜査方針に大きな影響を与えなかったようだ。栄治は両利きで右手も使えるわけだから、右手を使って注射した可能性は排除できないという判断らしい。

五分ほど待ったところで、ダサいスラックスにダサいチェックシャツ姿の雅俊がやってきた。我が兄ながら、どうしてこうパッとしないのだろうと思ったけれども、それはいつものことだから考えるのは止した。

「麗子から連絡があるなんて珍しいね」

雅俊はカフェの中をキョロキョロと見渡しながら言う。

私は腕を組んで、足も組んで、雅俊の顔を斜めに見ながら口を開いた。

「手短に用件だけ済ませるわ」

雅俊と時候の挨拶や最近の天気の話、近況報告などを交わしても無意味である。

「一月二十九日の夜、帝国ホテルで、森川製薬、経営企画部新規事業課課長の森川拓未さんと会っていたわね？」

三十代で課長だから、拓未は相当な出世ルートに乗っていたことになる。森川一家の血族という理由もあるのだろうけど、それだけではなくやはり本人が切れ者なのだろう。

「何でそんなことを聞くんだ？」

雅俊は驚いたように眉をぴくりと動かしたが、すぐに事務的な口調で言った。

「仕事に関することは何も言えないことになっているよ。だからその質問に対しては肯定も否定もしない。ノーコメントだ」

いかにも官僚らしい言い草だ。

雅俊がこのように返すことは、私も予想していた。雅俊とやり合うくらい、赤子の手をひねるほどに簡単なことだ。

「ああ、そういえば、見てもらいたいものがあるの」

私はそう言って、一枚の封筒を机の上にすべらせた。

雅俊は小首を傾げながら、封筒を取り上げて、中身をあらためると、みるみるうちに顔が真っ青になっていった。

「お前、これ」

そう言いながら、雅俊は再度、カフェの中を見渡した。知り合いに目撃されていないかを気にしているのだろう。

雅俊が握っている写真には、ひと組の男女がラブホテルに入っていく姿が収められている。探偵事務所に雅俊の身辺調査を依頼して、撮影してもらった写真だった。

私は表情を変えずに口を開いた。

「知り合いからもらった写真なんだけど、お兄ちゃんによく似てる人が写っているの。でも隣にいるのは優佳さんじゃないから、この男の人は他人の空似だろうと思って」

雅俊は一瞬呼吸を止めるように息をのんでいたが、私の言葉を聞いて、大きく息を吐き出した。

「当たり前だ。俺なわけないだろ」

私が思いのほか友好的で安心したのかもしれないが、もちろんここで終わるわけがない。

「よかったあ。じゃあ優佳さんにもこの写真を見せていいわね」

私は雅俊の持っている写真の端をつまんで引っ張ったが、雅俊は慌てて手元に写真を引っ張り返した。

「なんで優佳に見せるんだよ」

「えっ？　だって、お兄ちゃんじゃないんだからいいじゃない」

とぼけた口調で私は言う。

「これは俺じゃないけど、わざわざ優佳に言って、誤解をうむようなことをしなくていいだろ」

私は首をかしげながら言い返す。

「でもねえ。困ったなあ。優佳さん、お兄ちゃんの浮気を疑っているみたいよ。何かあったら教えて欲しいって、私、頼まれているのよね。結果的にハズレの情報だったとしても報告はしておかないと、依頼されたのに私が何も動いていないみたいじゃない」

雅俊の額に脂汗の粒が浮かんでいるのが見える。

「お前それ本当か？」

「それって何が？」

「優佳が俺の浮気を疑っているって」

雅俊の声がかすれている。

「うん、様子がおかしいって言ってたもん。私からはきっと思い違いよって言ってあるけど。とにかくこの写真は、優佳さんにも報告しておくわね。お兄ちゃんにそっくりな人だけど、お兄ちゃんではないみたいよって」

「お前な、ちょっと」

雅俊が拳を握りしめ、細かく震えている。地味な顔に赤みがさし、こめかみに血管が浮かぶのが見えた。

「いい加減にしろよ。昔から俺の邪魔ばっかりしやがって」

雅俊の言葉に私はびっくりした。そもそも私は雅俊に興味がないし、邪魔をした覚えなどない。

「邪魔ってなんのこと?」私は口を挟んだ。

「俺が大学に入ったらお前はそれよりもいい大学に入るし、俺が官僚になったらお前は弁護士になるし、そうやって俺が何か成し遂げるたびに後ろから追いかけてきて、ぶち壊していくんだ」

雅俊は自分をあわれむようにグッと目をつむった。

その様子を見て、私は腹の底からムカムカしてきた。

「寝ぼけたこと言ってんじゃないわよ」

私はテーブルを手で叩いて、雅俊をにらみつけた。

雅俊がびくりと後退りをした。

「自分に自信がないことを、私のせいにしないでちょうだい」

私は雅俊から写真をもぎ取った。

「この写真は、きっちり優佳さんに報告しますから」

するとと急に雅俊が懇願口調になって、

「すまなかった、それだけはやめてくれ」

と言い、両手をついてガバッと頭を下げた。あまりに見事な叩頭《こうとう》ぶりに、仕事でも相当汚れ役をやらされているのではないかと勘ぐってしまった。

「優佳のことは、学生時代からずっと好きだったんだ。なんとか付き合って、やっと婚約したところだ。だからそれだけは壊さないで欲しい」

優佳をゲットできたというのは確かに雅俊にしては上出来だし、よく頑張ったなと言ってやりたいところだけど、私が二人の幸せを壊しているかのような物言いに腹が立つ。

「そんなに好きなら、そもそも浮気しなきゃいいじゃない」

「本当に流れというか出来心で……」雅俊は頭をテーブルにこすりつける。

「流れもなにも、継続的にちょこちょこと浮気しているみたいじゃない」

「だからそれも本当に出来心で、でも一番大切なのは優佳なんだ」

我が兄ながら情けない。

学生時代モテなかった奴に限って、社会人になり、肩書きや地位ができて女に相手にされるようになった途端、遊び出すというのは本当らしい。

「もうしない。次にこういうことがあったら、容赦なく、優佳に告げ口をしていいから」

そろそろ、この辺りで許してやってもいいかな、と私は思った。

「そうねえ。考えてやらないこともないけど」

私は腕と脚を組み直した。

「そういえば、優佳さんが、お兄ちゃんのポケットから帝国ホテルのレシートが出てきたって言っていたの。お高いホテルだし、それは流石に仕事の付き合いじゃないかと思うんだけど、疑問が残るのは気持ちが悪いじゃない」

私はとうとうと話し続ける。

「もう一度聞くけど、一月二十九日の夜、森川拓未と帝国ホテルで会っていたわよね？」

雅俊は力なく頷いた。

2

「拓未くんはゼミの後輩だ。その関係で、年に一度くらい会う間柄だった」

両の手のひらを忙しなく組み替えながら、雅俊が話し始めた。

「頻繁に会うようになったのは、僕が医薬品の認可を統括する部署に異動になってからだ。拓未くんは、経営管理の部署にいながらも、新薬の開発プロジェクトを進めていたからね」

私はうなずいた。

新薬マッスルマスターゼットの開発を拓未が強力に推し進めていたことは、雪乃の話でも聞いていた。

「なんでも、拓未くんは自分の持ち金をはたいて、ゲノムゼットという会社の株式を取得したらしい。ゲノムゼット株式会社というのは、バイオ業界でもちょっと有名なベンチャー企業で、ゲノム編集に関する先駆的な技術を持っていた。だから、買収するのはさぞかし大変だっただろうけど、拓未くんは相当いい条件で、ゲノムゼットの株式譲渡契約をまとめてきた」

株主というのは、ごく簡単にいうと、会社の持ち主だ。

株式譲渡契約は、前の持ち主から、会社を引き継ぐ契約である。

会社が落ち目の状態であったら、かなり安く売り飛ばされることもある。しかし、先駆的な技術を持っている会社の買収であれば、その条件もかなり厳しいものになることが多い。それを有利な条件でまとめてきた拓未というのは、確かに剛腕なのだろう。

「そして、ゲノムゼットと森川製薬の共同開発で、マッスルマスターゼットを完成させた。こんなにスムーズに共同開発が進んだのも、拓未くんがゲノムゼットの株主だったからだろうね」

「株式の保有率は？」

私は口を挟んだ。株を持っていると言っても、どの程度持っているかによって会社に対する影響力は変わってくる。

「五十パーセントだ。買収時は百パーセントの株式を持っていたみたいだけど。事業が順調だから資金がもっと必要になって、新規に株式を発行して資金調達していたよ」

なるほどなと思った。

ベンチャー企業は信用力がないので、銀行からの借入れに頼ることができない場合も多い。そういう時は、小金を持っている投資家や投資会社から出資をしてもらって、その代わりに会社の株式を発行して渡す。

元々いた株主からすると、自分以外に株主が出現することになるし、自分の持分比率が下がるから、会社に対する影響力が低下してしまう。しかし、金を出した奴が口も出すのがビジネスの掟《おきて》だ。資金援助を求めた以上、自分の影響力の低下は我慢しろというわけだ。

「出資者は誰なの？」

雅俊は記憶を探るように、視線を宙に漂わせた。

「ええと、確か名前はなんて言ったかな。拓未くんのいとこ、この前亡くなったらしいんだけど」

「森川栄治?」思わず聞き返す声が大きくなる。

「そう、栄治という名前だったと思う」

つまり、マッスルマスターゼットの開発の要であるゲノムゼット株式会社は、拓未と栄治の二人で所有する会社だったというわけだ。

「極秘で相談があると言われて、僕たちは帝国ホテルの一室で落ち合った。なんでも、株式の共同保有者である栄治くんが変な遺言を残したせいで、ゲノムゼット株式会社の株式が国庫に帰属してしまうんだと」

「国庫に帰属してしまう?」

私は耳を疑った。

確かに栄治は変な遺言を残した。そして、ゲノムゼット社の株式も栄治の遺産の一部だから、その遺言に定められた通りに処理される。

そして、遺言の内容は、犯人に遺産をやるというもので、犯人が見つからなかった場合には国庫に帰属するというものだったはずだ。

「一つの会社の株式の半分だけが国の所有物になっても面倒なだけだろう。だから、拓未くんの持分についても国に売却してしまう方向で財務局と話をしていると言っていた」

これはうなずける話である。

例えば、太郎《たろう》さんと花子《はなこ》さんで株を半分ずつもって会社を経営していたとする。太郎さんと花子さんは旧知の仲で息もぴったり、何かあったら話し合って、意思決定をしてきた。ところが太郎さんが自分の持っている株式を次郎《じろう》さんに売ったとする。花子さんからすると、初めましての次郎さんと一緒に会社をやっていくのは大変面倒である。

だからそういうときには、花子さんの持分まで一緒に次郎さんに売ってしまって、次郎さんひとりの会社にしてしまうことがある。

いわゆる「タグ・アロング」という仕組みで、株主間の契約書に条項を作り込んでおくことも多い。

「それで、ゲノムゼット社の株主が変更になるけれども、新薬の許認可は予定通り下ろして欲しいと、その根回しだったわけ？」

話が読めた私は先回りをした。

「そうだ。本来は、株主が変更になったからといって、認可が下りなくなるわけがないのだけど、まあ色々と政治的な力が働くことがあるからね」

雅俊が腕を組んで頷き、いっぱしの職業人ふうの表情をするものだから、私はちょっとイラッとした。

「そういった隙をついて、ライバル企業の息のかかった勢力が邪魔をしてくることはある。その隙間を事前に潰しておきたいということらしかった」

「その根回しってどのくらい大変なのかしら？」

「会社の担当者が付きっきりで対応して、二ヶ月から三ヶ月はかかるだろうな。森川製薬の場合、拓未くん一人で対応に奔走しているようだった」

私は腕を組んで考えこんだ。

確かに、拓未の立場であれば、ゲノムゼット社の株主が変更になっても新薬発売に影響がないよう根回しをしておくというのは納得ができる。

しかし、犯人に遺産がいくということを差し置いて、国庫に帰属させてしまうシナリオをメインストーリーに据えているのが気になる。

病死や事故だと知っていたのか。あるいは、犯人選考会で犯人が選ばれることはないと踏んでいるのか。

「そういえば、拓未さんとは何時頃に別れたの？」

拓未のアリバイとの関係で、気になっていた。

「そうだなあ、株式の相談をした後、薬の成分の話をして、ゼミ仲間の近況とか、雑談もしていたからな。結構遅くなったんだよ。正確には覚えていないけど、十二時は過ぎていたかな。もう終電がなかったから、タクシーで帰って、タクシー代がかさんだ記憶がある」

朝陽に事前に確認したのだが、栄治の死亡推定時刻は一月三十日の午前零時から二時頃だという。

雅俊と十二時過ぎに別れて、そこから高速を飛ばしても軽井沢に着くには二時間弱はかかるだろう。道路状況次第でギリギリ間に合うかもしれないが、午前二時までに軽井沢にいるのは、相当厳しいタイムラインだ。

私は雅俊に礼を言って別れた。

浮気の件は優佳には秘密にしておくと約束をした。

それにしても、あんな兄貴でも一人前に浮気ができるというのは恐ろしいことだ。なにが恐ろしいって、官僚だとかそういう肩書きでコロッといく女が、私の想像よりもずっと多いのが恐ろしい。私だったら、官僚どころか、総理大臣や、どこかの大統領に言い寄られたとしても、追い返してやる。お金を沢山持った石油王なら、考えてやらなくもないのだけど——。

次の日、いつものホテルラウンジで篠田と落ち合って、これまでの経緯を報告した。

捜査員の視線を気にして、これまで会うのを避けていた。だが、流石にそろそろ、今後の方向性を話し合う必要があった。

彼の脳みそには話が複雑すぎたのか、篠田は赤ちゃんみたいに丸い指をこめかみに当てながら聞いていた。

「つまり、栄治はマッスルマスターゼットの副作用で死んだ。自分で投与したということになっているけど、利き手の状況からすると、他殺の可能性もある。合っているかな?」

「その通り」

私は補足をする。

「栄治はゲノムゼット社の株主だから、マッスルマスターゼットの試作品を手元に持っていてもおかしくない。栄治の屋敷にもいくつか保管されていたみたい」

「なるほどねえ、それでどうも、いとこの拓未が怪しい。でも、拓未にはアリバイがある。麗子ちゃんのお兄さんと会っていた時間からすると、栄治の死亡推定時刻には間に合わない可能性が高い。そうすると、いったい誰が栄治を――」

篠田が言い切らないうちに私は口を挟んだ。

「誰が犯人かなんてこの際どうでもいいのよ」

「えっ、なんで?」篠田が心底びっくりしたような声を出した。

「だって、私たちが知りたいのは犯行方法だけじゃない。どうする？　これまではインフルエンザで殺したって主張していたけど。今後は主張を変えて、マッスルマスターゼットを投与しましたと主張していきましょうか」

私は弁護士として当然の質問をしているつもりだったけれど、篠田は口をあんぐり開けて、言葉もないという心境を顔全体で表現している。

「麗子ちゃん、栄治を殺した犯人が気にならないの？」

アホな質問である。

「そりゃ気になりはするけど。それよりも大事なことがあるでしょ」

朝陽のことが頭に浮かんだ。朝陽は今頃、犯人を捜していることだろう。犯人捜しは朝陽に任せて、私は私の仕事をすればいいと思った。

「私はあなたの代理人なのよ」

そして私の百五十億円がかかっているんだから――と心のうちで呟く。

「拓未が怪しいのは確かよ。後はアリバイさえ崩せればいいんだけど。もう一歩追い詰めて弱みを握ることができたら、それは私たちにとってもプラスなんだよねえ。さっきも話したけど、犯人選考会で金治社長と平井副社長の賛同は得ているから、あとは定之元専務の票を得ればいいわけでしょ」

篠田は私の話についてきていないらしく、あいまいな表情のままだ。

「ええと、それは、どういうこと？」

「もうっ！　全部説明しないと分からないのね」

相手がクライアントであるということを忘れて、怒鳴りつける。篠田はビクッと身体をこわばらせたが、頬は緩んでいる。こいつドMだなと思った。

「拓未が犯人だって証拠がつかめたら、それを持って定之元専務のところに交渉にいけるでしょ。お宅の息子さんと私のクライアント、犯罪者にしたいのはどちらですかって」

警察の判断がなんであれ、金治、平井、定之の承諾さえあれば、私たちが栄治の遺産を引き継げるわけだ。彼らとしても、財産がまるまる国庫に帰属するよりは、森川製薬にとってプラスになる人物に財産を渡して、新株主との関係を築いていくほうがいいに決まっている。

それにしても、栄治の遺言状の原本が盗まれて、まだ見つかっていないのは手痛い。スキャンしたデータはあるというものの、裁判所は紙中心の昔ながらの機関だから、原本のない遺言は相当立場が弱い。津々井も全力で攻め込んでくることだろうから、遺言の有効性を争う戦いのほうが厳しいかもしれない。

「麗子ちゃん」

篠田が悲しそうに眉尻を下げて言った。

「もう終わりにしよう」

「えっ？　終わりって？」

「この件を追うのはもうやめだ」

篠田はキッパリと言った。太い腹から出る太い声だった。

「終わりってどういうことよ。あと一歩なのよ。あとは定之元専務を説得して、津々井先生を倒せば、百五十億円ずつ手に入るんだよ？」

篠田は首を横にふった。

「僕はお金が欲しいんじゃない。栄治の身に起きたことが知りたいだけだ」

「なによそれ――」

言葉が続かなかった。心底驚いて、何度も瞬きをしながら、篠田の顔を見つめた。

赤ん坊のまま大きくなったような、丸々とした男が、小ぶりな目を私に向けている。

私には篠田の考えていることが分からなかった。

「目の前に百五十億円があるっていうのに手を伸ばさないの？　もう、ほんのあと一歩なのよ。篠田さんはもともとお金持ちだから、もうお金はいらないってこと？」

篠田は私に対して、あわれむような視線を落とした。

「君には、お金よりも大事なものがある人の気持ちが分からないんだろう。君は代理人で、僕がクライアントだ。クライアントの望むことを理解できない弁護士はクビだよ」


篠田はテーブルから伝票を取ると、席を立ってラウンジを出て行った。

呆気に取られながら、どんどん小さくなる篠田の丸い背中を見つめていた。

私がクビ——？

クビって、解任ってこと？

私はクライアントから解任された弁護士っていうこと？

いつもは高速回転する私の脳みそが、その場でフリーズしてしまった。

職業人としての自分を否定されることは、なによりも受け入れ難いことだった。彼氏に振られても、親に勘当されても、こんなふうに錯乱することはないだろう。しかし、クライアントに見放されるというのは、地の果てに突き落とされるような絶望感があった。

自分のなにが悪かったのだろうか。

人目も気にせず、頭を抱えた。

目的を達成するためになりふり構わずやってきた。そりゃ多少荒っぽいこともしたけれど、別に違法なことは何もしていない。むしろ、クライアントを守るために、必死だったし、感謝されることはあっても、文句を言われるはずがない。一体何が悪いというのだ。

クライアントの望むことが分からない弁護士だなんて。

これまで言われたどんな言葉よりもショックである。争いの相手方や、関係者に罵られても、私は一向に平気だった。しかし、自分のクライアントに背中から刺されると、こんなに手痛いものか。

篠田の望むことは、百五十億円を手に入れることではないのか？　栄治の身に起きたことを知りたいというのは、お金に手を伸ばすための口実だとばかり思っていた。いくら匿名であるとはいえ、犯人を名乗るのはリスクのあることだ。そんなリスクを冒してまで、一円にもならない真実とやらを知りたいなんて、私には理解できないことだった。

そう、確かに私は理解できない。

お金よりも大事なものがあるなんて綺麗ごとだ。偉そうな説教なんてされたくない。いつもそう。私に向かって綺麗ごとを言ってくる人たち。いかにも自分が高尚なものを知っていて、私がいかに俗物であるかということを突きつけてくる。私は彼らに見下されているのだ。

お金がないけど幸せな暮らしなんて負け惜しみだ。

お金はあったほうがいいに決まっている。

なんでみんな嘘をつくんだろう。

私には理解できないし、理解したくもない。

思考はどんどんと、暗いほう暗いほうへと落ちていった。

ホテルラウンジのスタッフが「体調がすぐれませんか?」と言って、水を持ってきてくれたけど、それすらも、自分の卑しさを見下されている気がして、腹が立った。

3

それから数日の間、私は無気力に過ごした。

いつもなら、一晩寝れば暗い気持ちもスッキリ晴れる。寝ても解消されない悩みがこの世にあるということに驚いた。

目が覚めたところで、起きてやることもない。また現実に引き戻されてしまうのが嫌で、無理やり二度寝をする。そうこうしているうちに、昼過ぎになって、夕方になって、夜になり、結局一日中ゴロゴロして過ごすことになる。

ひとり暮らしの1LDKの部屋がとても広く感じた。一日中何も食べていなかったことに気付き、深夜番組を見ながらカップ麺をすする。腹は減っているのに味がしない。

そんな生活を数日続けた。

森川製薬の会議室に行ったり、軽井沢でバッカスに吠えられたりしたのが、すごく遠い昔のようだった。

朝陽から何度か電話が来ていたが、かけ直す元気はなかった。

もちろん、栄治の死の真相も気になる。しかし私は刑事ではないのだし、栄治の死に関わるのは、あくまで篠田からの依頼があってのことだった。

これからどうしていけばいいのか、まったく展望がもてなかった。

貯金はある程度あるものの、それでずっと食べていけるわけではないから、どこかで仕事をしなくてはならないだろう。しかし津々井先生とあれだけ揉めた以上、元の事務所には戻れない。あんなに啖呵《たんか》を切っておいて、クライアントに解任されましただなんて、死んでも津々井先生に言いたくない。

コンビニへ買い出しに行った帰りに、数日ぶりに郵便受けを確認すると、手書きの手紙が入っていた。差出人は、信夫だった。

もう記憶の彼方に追いやられていたが、二ヶ月弱前まで付き合っていた男である。

数日前に、メールが来ていた。金を工面して、もう少し大きい婚約指輪を購入したという内容だった。もはや対応するのも面倒で放置していた。電話もかかってきたが、当然出ていない。

手紙の内容は、メールや電話をしても反応がないから心配している、どうかお元気で、というものだ。私にこっぴどく振られたくせに、どうしてこういう手紙を書けるのだろう。私は信夫のそういう善良さが憎い。

郵便物はもうひとつ、日本弁護士連合会が発行している『自由と正義』という雑誌だ。

頼まなくても登録弁護士全員に送り付けられてくる月刊誌で、弁護士のコラムあり、座談会あり、問題行為をした弁護士の名前が晒《さら》され、研修の日程が載っている——いわば法律家の仲間内の雑誌だ。

ベテラン弁護士のありがたいお言葉や「私が弁護士になるまで」といった回顧録、へき地で奮闘する弁護士のインタビューなどなど……いつもはつまらないと飛ばし読みしていた記事を、私は食い入るように読んだ。誌面のどこかに、村山弁護士の面影を探していた。

結局、村山を殺した犯人も、金庫を盗んだ者も、金庫自体も見つかっていなかった。

毎晩、電気を消して寝床に横になると、村山の死に際の顔が思い出された。私はその記憶に必死に蓋をした。

「私とあの子、弁護士。あの子の分まで長生きしてください」

死の直前に村山はそう言っていたように思う。

村山は妻子もおらず、単身、弁護士として身を粉にして働いていた。そして村山のマドンナだったという「あの子」は、弁護士の使命を全うした末、命を落とした。

弁護士ってそんなにいい仕事だろうか。

自分の弁護士バッジの裏に刻まれた五桁の弁護士番号を見つめながら、自分はそもそもどうして弁護士になったんだっけ、と考えた。

幼い頃から弁護士になると決めていた節があり、そもそもどのような経緯でそう思っていたのか思い出せない。ただ、就職活動をするか、司法試験を受けるかという最終的な進路選択の際は、コネや資産のない者であっても、自分の腕ひとつで稼げるからという理由で弁護士の道を選んだように思う。

結局お金かよ、と自分の卑しさが悲しくなる。

しかも、弁護士になってみて分かったことには、忙しさのわりに儲からないということだ。同じくらいの長時間と高密度で働くなら、起業でもしたほうがずっと稼ぎがいい。

そんなことを考えながらテレビをつけると、ワイドショーで、

『盗まれた金庫に懸賞金！　発見者には五千万円』

という見出しが出ていた。

派手な黄色いスーツを着た司会者が、手にした原稿に目を落としながら説明を始めた。

「一連の騒動の渦中にいる森川製薬の森川一族で新たな動きがありました。森川銀治氏が、盗まれた金庫の発見者に五千万円を支給すると発表しました」

私は驚いて、身を乗り出した。

銀治というのは、動画投稿サイトに騒動の発端となった家族会議の動画を投稿していた男だ。金治の弟、栄治の叔父にあたる。

番組の映像が切り替わり、見覚えのある旧軽井沢の古い建物、「暮らしの法律事務所」の外観が映し出された。

「先月二十七日、故・森川栄治氏の顧問弁護士であった村山権太氏が殺害され、村山弁護士が保管していた金庫が盗まれる事件が発生しました。金庫の中には、栄治氏の遺言状が入っていたものと見られています」

画面が切り替わる。銀髪の男の顔が大映りになり、

「警察は全然動いてくれない。大事な書類が入っているというのに。もう我慢の限界です。自分で捜しますから」

とコメントをした。

そのままなぜか、ヘリコプターから撮られたらしい森林上空の映像が流れ始める。

「森川銀治氏は、自らの資金を使って、事件現場周辺の捜索活動を行っています。東京科学大学の木下《きのした》研究室と提携し、ドローン十五台を飛ばして軽井沢町上空を捜索す

るほか」

銀治が長靴を履いて、川辺に仁王立ちする映像が流れた。その横顔は、妙に精悍で、すましすぎていて、滑稽な印象すらある。

「水質検査や河川清掃を行うNPO団体と協力の上、近隣河川の底をさらっています」

私は口を半開きにしながら固まってしまった。

タブレット端末で動画投稿サイトを見ると、銀治は投稿動画内でも、金庫の捜索を呼びかけていた。

困惑した。遺言状がなくて困るのは、村山や篠田、私だけだった。今や、村山は死んでしまったし、篠田は遺産を狙うのをやめ、私は解任された。

遺言状がなくなっても誰も困らないし、むしろあんな面倒なものはなかったことにした方がいいと考える関係者も多いだろう。

それを、どうして銀治が探し始めているのだろう。

自分の癖で、つい色々と思考を巡らせてしまった。だが、ふと冷静になって、急にアホらしくなった。この事件に私はもう関係ないのだった。森川家で何が起きていても関係ない。だって私はもう篠田の代理人ではないのだから。

その点に考えが至ると、腹の底に重石が沈むように、気分が落ち込んだ。

テレビを消して、リモコンを放り投げた。

何かで気を紛らわせたくて、しかしやることもなくて、むしゃくしゃした。意味もなくショッピングサイトをめぐり、普段なら全くのぞくことのないSNSを漁っていると夜になった。

小腹が空いてカップラーメンを食べたところ、妙に刺激が欲しくなって、インターネットで都市伝説や怪談を検索し、目の疲れを感じるまでひたすら読み込んだ。次第に夜が明けて、窓の外が明るくなった頃に眠気が出てきたので、私はベッドの上で布団もかぶらずに丸まった。

すうっと寝入って、ちょうど気持ちよく眠っていたタイミングだったと思う。

ピンポーン、ピンポーン

と、眠気の中で、遠くに音を聞いた。うっすらと取り戻した意識の中で、インターホンが鳴っていると思ったが、身体が動かない。自分の背中がベッドに張り付いているようだった。

しばらくすると音は止んだが、またすぐに、

ピンポーン、ピンポーン

と鳴り始めた。

普段はそんなふうには考えない。だが、寝る直前まで怪談を読んでいたこともあって、私は急に、インターホンの放つ電子音が不気味に思えてきた。

玄関先から、ピンポーン、ピンポーン、と等間隔で音が鳴り続ける。私は腕で支えながら身体を起こし、インターホンの応答ボタンを押した。

インターホンの画面には、体格の良い銀髪の男が立っていた。どこかで見覚えがあるようで、思い出せない。

「すみませーん、森川銀治っていいます。剣持先生います？」

森川銀治――その名前を聞いて、私の記憶が一気に蘇った。動画投稿サイトに家族会議の映像を投稿した栄治の叔父である。そして昨日、ワイドショーでも紹介されていた。

私の自宅をどうして知っているのだろう。気味が悪い。

「何度か電話したけど、つながらないんだよ」

インターホン越しに、唾が飛んできそうなほど銀治が声を張り上げている。最近、携帯電話を確認していなかったから、そのような着信があったかすら分からない。

「話したいことがあってさあ」

マンション一階の呼び出し口の前に張り付いているようで、ちょうどエントランスを抜けてきた他の住民が、銀治に不審な目を向けている様子が、銀治の背景に映り込んでいる。

居留守を使おうと思って放っていると、数分後にまたインターホンが鳴る。

「いるんでしょう？」

そうして数分後にまた、

「とにかくお願いだから、一度話を」

とインターホンが鳴る。

インターホンの音が耳障りになってきて、我慢の限界に達した私は、イライラしながら、

「いま行きますから、そこで待っていてください」

と怒鳴りつけた。久しぶりに大きな声を出して、自分の声に自分で驚いた。

最低限の身支度を済ませて階下に降りると、エントランスホールに銀治が立っていた。六十歳前後なのだろうが、服装はジーンズにスニーカー、赤色のダウンジャケットと妙にカジュアルで、少年の気分をそのまま引きずっているようだ。

真梨子がどこかで、栄治について「あの子は銀治に似たのよ」と漏らしていたのを思い出す。確かに、顔つきや体格だけでなく、誰かが助けてくれるのを待っているような所在なさげな表情も似ていた。

私が近寄っていくと、銀治は頭を下げ、

「盗まれた金庫が見つかったんだ」

銀治は、お宝を見つけた少年のように誇らしげに胸を張った。

マンションから少し離れたオープンカフェに場所を変えたが、あまりに目立つ車を横付けしているせいで、道ゆく人たちが好奇の視線を投げかけていた。銀治はそういった視線には慣れっこなのか、まったく気にする様子もなく、美味しそうにホットココアをすすっている。

こういうカフェに来ておいて、コーヒーが飲めないからと臆面もなくホットココアを注文するあたりも、銀治は栄治にそっくりだった。

「村山さんの事務所から三キロ離れたところに川が流れているんだけどな。その川底に金庫はあるらしい」

銀治が、ポケットから携帯電話を取り出して、カメラロールの写真を示した。

木立に囲まれた幅二十メートルほどの川だ。両脇にはコンクリートの堤防があって、川面の色が黒く濁っている。それなりに深さのある河川のように見えた。

「東京科学大学の木下教授が、よく分からないけど、高性能のレーダーみたいなものを使って見つけてくれた」

「そう、よかったわね」

私は冷たく言った。あまり興味はなかった。

「あれは俺が用意した特注の金庫だったんだ。五桁の暗証番号を二つ入れないと開かないし、三回間違うと永久にロックされてしまう。ちょっとした書類を村山さんに預けていたからさ。大した書類ではないんだが、俺にとっては大事なものだから」

遺言と別にちょっとした書類が入っているというのは、村山も言っていた。あれは銀治の書類だったというわけだ。

「その書類ってどんなものですか？」

と訊いてみたが、銀治は、

「それは秘密なんだ」

と言う。こっちは大して興味がないというのに、勿体つけた反応をされて、イラついた。

「特注品だったからこそ、発見はできたんだけど。ただ、川から引き上げることができないんだ。役所で行政の許可はとった。いざダイバーを連れて川に行ったら、その筋のお兄さんたちが周辺を包囲していて、近寄ることができない」

「その筋？　指定暴力団ってこと？」

「正確には、指定暴力団のフロント企業の清洲《きよす》興業の奴らしいんだが。俺たちが川の辺りを探していることに勘付いて、奴らも川の周辺を捜索しはじめたらしいんだ。まだ金庫の場所は見つけられていないみたいだが、俺たちが下手に手を出すと、金庫の場所がバレて横取りされそうだ」

銀治は頭をかいた。

「なんで、指定暴力団のフロント企業が、あの金庫を探してるのよ。懸賞金目当てかしら」

私が問うと、銀治は、

「理由は分からない」

とかぶりを振った。

「警察は、清洲興業は一応民間の会社だから、民事不介入とか言って対応してくれない。知り合いの弁護士にも何人か当たったが、どうもみな腰が引けていて、役に立たないし。剣持先生、犯人選考会に代理人として参加してるんだろ。あの遺言状が見つからないと、あんたも困るんだから、協力してくれないか」

「事情は分かりましたけど」

篠田に解任されたことを告げるばつの悪さで、私は髪をかき上げた。

「私はもうクビになったの。だからもうこの件を追う理由はない。金庫が引き上げられなくても遺言状が見つからなくても困らないし、あなたに協力する理由はない。もう帰ってください」

するとと銀治は、アメリカ人のコメディアンのような大げさな仕草で目を見開き、

「マジかよ？　クビ？」

と言った。実年齢よりずっと気持ちは若いようだ。

自分でクビと発言する分にはいいが、人に言われると腹が立つ。

「クビ、クビうるさいわね」とにらみつけた。

「俺は一回しか言ってないよ。そうか、じゃあ、もう前の依頼人に義理立てしなくていいってわけだな？」

銀治は自分の顎に手を当てて少し考え込むと、

「そしたら剣持先生、俺の代理人になってくれよ」

と顔の前で手のひらを合わせた。

「実は俺も犯人選考会に参加していて、金治兄さんと定之さんの賛同は得たんだが、平井副社長がうんと言わない。というか、平井副社長はこれまで剣持先生以外には誰にも賛成票を入れていないからね」

私は森川製薬で事業プランを提案したことを遠い昔のように思い出していた。ああいうふうに、三者三様の利害を調整するのは簡単だけど——篠田に言われた言葉を思い出して、また苦い気持ちになった。

「どうせあなたも、お金以外のものが欲しいんでしょ？」

私は腕を組んで銀治を斜めに見た。

一族と距離を置いているとはいえ、元々の資産と動画配信サイトの広告収入で生活には困っていなそうだ。そうでなくてはあんなド派手な高級車に乗っているわけがない。

遺産を手に入れるように指示されて、その後に欲しかったのは遺産ではないなどと梯子《はしご》を外されるのは御免だ。

「私にはお金よりも優先すべきものなんて分からないし、それでクビになったんだもの。だから、あなたの望みがお金じゃないなら、お役立ちできないと思う」

銀治はじっと私の話を聞いて、微笑んだ。

「それは大丈夫だ。俺が欲しいのは金だ。もちろん、本当に実現したいことは別にあるが、そのためには金がいる。それにこれは人生の先輩として一言言っておくが、君自身も、本当に欲しいものは金じゃないはずだ。そんなに卑屈になることはない」

その物言いに、私はカチンときた。こちらのことを分かったような口調で説教をしてくる年長者は昔から大嫌いだった。

「これ以上、私たちが話すことはないみたいね」

そう言って私は席を立った。

自分が本当に欲しいものが何なのか分からないから、いたずらにお金を集めてしまうということは、流石の私も分かっている。ただ自分では、自分に何が必要なのか分からないのだ。

とても惨めな気持ちになった。だが、私は頭のどこかで考えていた。たとえ一生遊んで暮らせるだけのお金があったとしても、私は仕事をしているだろう。自分なりに考えたことを実行に移して上手くいった時は嬉しいし、何もしないのでは人生があまりにつまらない。だから私は働く。そのあたりのどこかに、自分が求めるものがあるような気がしている。しかし、それ以上のことがよく分からない。

ちょうど自宅に着いた時に、机の上で携帯電話が鳴っていることに気がついた。どうせ先ほどの銀治だろうと思って、無視をする。そもそも私の電話番号や住所が銀治に知られていること自体不気味なのだが、屋敷をもらうための手続書類に記入しているから、森川家の人間であれば調べることができたのかもしれない。

電話のコール音は一旦切れたものの、再度鳴り始めた。

はっきり迷惑だと言ってやろうと思って、携帯電話を手に取ると、兄の婚約者、優佳からの着信だった。びっくりしたが、勢いでそのまま出てしまった。

「麗子さん？　やっと繋がったわ。全然電話がつながらなくって。お仕事忙しいのね」

優佳は明るい調子で話している。私は適当に、

「はあ、なかなか電話に出られず、すみません」

と応じた。

「麗子さん、ありがとうね。雅俊さんに釘《くぎ》を刺してくれたんでしょう」

　私は一瞬何のことか分からず、数秒経ってから浮気のことかと思い出したが、それこそ何もしていないどころか、浮気の証拠を揉み消しているわけだから、優佳に礼を言われることはないように思った。

「ええと、何のことでしょうか？」

「浮気のことよ。麗子さんと会ったたっていう日の後、雅俊さんの帰りがいきなり早くなったの。帰りに花束を買ってきちゃったりしてね。馬鹿よね、そんなことしたら、浮気をしていたって告白しているようなものよ」

　おっとりした雰囲気のわりに優佳は鋭いのだなと思いつつも、一応、浮気の件は言わないと雅俊に約束した手前、認めるわけにもいかない。

「私は何もしていませんよ」

　優佳は「ふふふ」と愉快そうに笑って、

「麗子さんは雅俊さんをいつも守るのね」

　と言った。

　雅俊を守った覚えは全くないし、私は優佳の言葉にびっくりした。

「いやいやいや、私はむしろ、兄からは煙たがられているはずですよ」

　と返すと、優佳がクスクス笑いながら言った。

「あの人も意地っ張りだから麗子さんには直接言わないんでしょうけど、私にはよく話してくれますよ。雅俊さんが近所の子にイジメられるたびに、まだ小学校にも上がっていない麗子さんが走ってきて、撃退してくれたって」

そもそも私は数ヶ月前のことですらどんどん忘れていくから、小さい頃の記憶なんてほとんどないのだけど、そういうことがあっただろうか。それにしても、本当に男というのは自分の過去のアレコレを女に語って聞かせたい生き物なのだなと、自分の兄にもこの法則が当てはまることに呆れてしまった。

「そんなことがあったかなあ。私は何も覚えていないわ」

「麗子さんはね、案外優しいし、自分の善行を右から左に忘れちゃうタイプなのよね」

私は聞き捨てならないと思って、

「案外って何ですか」

と口を挟んだ。

「麗子さん、小学校の文集に『よわっちいお兄ちゃんを悪い人から守るために、べんごしになります』って書いたらしいじゃない。雅俊さん、恥ずかしかったらしいわよ」

私は、まるで優佳が私ではない誰かのことを話しているような気がした。そういうことを書いたのか、書いていないのか、思い出せないけれども、少なくとも私がそういうことを書いたという話になっているだけで、恥ずかしくて消え入りたい気分だった。

「そんなこと、書いたかなあ」

第一、弁護士は悪い人から弱い人を守る仕事ではないし、それなら警察官にでもなれって話で、この私にも頭がはっきりしていない時期があったのかと思うと耐えられない。

「まあまた今度、一緒に文集を見ましょうよ。来月、青葉台でお義父さんの還暦祝いをするから、その時にでもね」

そう言って明るく笑うと優佳は電話を切った。

娘の私も知らない家族イベントの予定を、兄の婚約者がしっかり把握していてビックリした。しかし、私が父の立場だったとしても、家に寄り付かない娘よりは気立ての良い嫁に頼るだろうと思われた。

考えれば考えるほど、優佳は雅俊なんぞにはもったいない嫁なわけで、そんな幸福に恵まれながらもポロポロと浮気をする我が兄は本当にしょうもない奴だと呆れてしまう。そんな兄を自分が守ろうとしていたなんて、信じられなかった。

――弁護士は悪い人から弱い人を守る仕事ではない。

携帯電話を見つめながら、私は自分の頭に浮かんだ言葉に引っかかりを覚えていた。

そうだ。法律の前では、悪い人も良い人も、強い人も弱い人も平等で、どんな悪どいしょうもないクズ野郎であっても、高貴な善人と同じだけの権利を持っている。私はそこが好きだった。

私自身の金勘定にうるさい性格のせいで、そうではない、道徳的に正しい感じの人たちに対して、私はどこか引け目を感じていた。善良な人は私のことを見下しているのではないだろうかと不安であった。しかし、法律は、そんな私も、善良で品行方正な人たちと同じ人間であって、同じだけの権利があるんだと教えてくれた。それが私にとっては救いだったのだ。

だから私も、どのような人間も等しく持っているその権利を実現する仕事がしたいと思ったのだ。

お金とは別のものを求めるクライアントに対して、私は勝手に引け目を感じて、手助けを拒否していたのだろう。それでは、悪人も人間であることを理解しない人と同根だ。

別にクライアントの気持ちに共感する必要はない。彼らが求めるものをよく聞いて、それにプロとして応えれば良いだけだ。私を必要とするクライアントがいる限り——。

私は銀治の話を思い返した。

金庫は見つかったが、暴力団のフロント企業に引き上げを妨害されている。

上場企業同士の取引ばかりを担当してきた私は、暴力団対応なんていうドブさらいみたいな仕事をしたことはない。弁護士になるための研修の中で、暴力団対応のカリキュラムがあったくらいだ。

暴力団員に扮する男性弁護士が、受講者を罵倒し続ける。受講者は、罵倒されても、決して謝らず、怯まず、用件を告げる。それだけの研修だった。

暴力団員役のあまりの剣幕に、固まる受講生、泣き出す受講生も続出する中、私はトップの成績で研修を終えた。他人に怒鳴られるくらい、なんてことなかった。

私にできることをやろう。

そう決めて、携帯電話を手に取った。

第六章　親子の面子《ペルソナ》

1

翌日の昼には、パンツスーツを着込んで、川岸の堤防に降り立った。

川幅は二十三メートル、深さは五メートルの中規模河川だ。周囲を木立が囲っていることもあり、秋から冬にかけて木の葉が川面を覆い、その一部が沈殿することで、冬場の水は黒くにごっている。

私の後ろからついて来る銀治は「寒っ」と身震いをした。だが、冷たい空気が頬に当たれば当たるほど、私の頭は冴えてくるような気がした。

堤防から河川敷へつながる階段を半分降りたところで、問題の箇所を目視することができた。

川を挟んで両方の河川敷に一つずつ、テントが設置されている。そして、その周辺にはそれぞれ、男たちが配置されている。遠目に見ても、四、五人ずつ、合わせて十人近くいる。

それぞれに長靴を履いて、長い取っ手のついた網を持っていた。ウェットスーツを着た者もいる。

私は表情を変えずに、男たちがたむろする場所へと近づいて行った。

「ちょっと剣持先生、大丈夫？」

と後ろから銀治の声がしたので、

「問題ないわ」

と応じる。

近づいてみるとやはり、そこにいるのはいずれも、年端のいかぬ若者である。体つきを見るに、まだ高校生くらいではないかと思われる者も含まれていた。彼らはしょせん、上に言われて宝探しをしているだけの駒に過ぎないのだ。

私たちに気づいた一人の男が、

「おい、姉ちゃん、デートスポットじゃねえんだよ、ここは」

と言ったが、私は無視してずんずんと川に近づいた。

鞄から地図を取り出し、周囲と見比べる。

チンピラの一人が、

「なんだよ、てめえら」

と声を張りあげたが、私は応じなかった。

銀治にも無視をするよう言い含めてあったが、目が泳いでいる。気持ちが表情に出やすい男だ。

「金庫っていうと、重さがかなりあるでしょう。川に投棄した場合、もっと岸に近いところに沈むんじゃないかしら」

「この前あった大雨で増水して、最初の落下地点からは少し動いているみたいだね」

日差しを遮るように、目の上に手のひらをかざし、川の一部を見つめた。

適当な場所を見つめていただけで、そこに金庫があるわけではないのだが、

「おい、あそこだって」

というチンピラの掛け声のあと、ウェットスーツを着た男が川に入り始めた。

川に分け入った男はそれなりにテキパキと動いている。その様子を見ていると、

「おーい」

という声とともに、私の目の前に男の手が出現して、私の視界を遮った。

「無視しないでよ～おねえさ～ん」

チンピラの一人が私の横に張り付いている。他の男たちも寄ってきて、私たちを取り囲んだ。

私はやはり彼らを無視して、顔をずらして川面を見つめた。すると、チンピラも手を伸ばしてやはり私の視界の邪魔をしてくる。

彼らも手荒なことをすると警察を呼ばれるから、よっぽどのことがない限り直接的に手を下してきたりはしない。

しかしこうやって周囲にまとわりつかれると、身体を自由に動かすことができない

し、川岸からダイバーが潜水開始できないのも納得がいく。邪魔をされているうちに、チンピラたちが川に入って金庫を見つけてしまいそうだ。

「うーん、この人たちが邪魔で、どうしようもないわね」

私は平然と言った。

銀治は慌てたように、「ああ」とだけ応える。

「おいてめえら、舐《な》めた口きいてんじゃねえぞ」

脇からいきなり怒鳴られた。

プロレスラーのように、かなりガタイのいい男だ。冬なのに薄手のTシャツ一枚で、袖から刺青がのぞいている。

「うちの兄貴、誰だと思ってんだ。出るとこ出るかッ」

と、恫喝《どうかつ》されても、私は全く怖くない。出るところに出たら、私の方が強いに決まっている。

すると別のほうから、

「おい、てめえ、何ニヤついてんだ」

と因縁をつけてくる。

私はサッと視線を走らせたが、周囲の男に頭がキレそうな奴はいない。万が一、判断権のあるボスがいればと思った。だがそもそも、暴力団相手に適切なコミュニケーションなど望めはしないだろう。

「ま、行きましょうか」

銀治に言うと、銀治はしきりに首を縦に振った。来たときとは大違いで、銀治は私の前に立って、足早に歩き出した。かなり怖かったらしい。

少し離れたところにとめていたベントレーに乗り込んでやっと、

「どうだった？」

と大声で訊いてきたが、空元気であることは明らかだった。

「うーん、確かに、チンピラたちが張り付いていて、作業しづらいわね。しかも下っ端すぎて、交渉ができる感じでもない。上から言いつけられているから、殴ってきたりもしないし、警察も動かないわけだ。彼らなりにきちんと捜索しているみたいだし、本当に金庫を見つけてしまうのも時間の問題かも」

私は顎に手を当てながら思案した。

「私たちも沢山人を雇って、人数で彼らを押し切るしかないのかしら。でもそれだと、万が一乱闘になった場合、後始末が面倒よ。それこそ警察沙汰になって、私たちの方が傷害の罪に問われる可能性もあるし」

そう遠くない場所に、銀治の所有するペンションがあるというので、私たちは一旦、そこに引きあげることにした。

ベントレーを十五分ほど走らせたところに、ログハウス風の小ぶりな木造建築があった。中に入ると、居間もキッチンもひと続きの簡素な造りだ。吹き抜けの一室しかない。階段をのぼった先のロフトは寝室になっているようだった。

「山ごもりを趣味にしようと思って、最近買ったんだよ」

と銀治は得意げに言った。きっと男のロマンとかいうやつだろう。

先ほどまで暴力団を前に震え上がっていたくせに、何が山ごもりだと思ったが、私にも思いやりはあるので、口にはしなかった。

つけた暖房が効き始める間もなく、私はパソコンを開いた。金庫が眠っている箇所周辺の詳細な地図を画面に表示させた。

「網で絡めとるには、距離も離れていて、深さもあるから難しそうだし。やっぱりどうにかしてダイバーに潜ってもらうしかないわね。あのチンピラたちはずっとあそこにいるの？」

銀治はうなずいた。

「警備員を雇って見張ってもらったんだが、二交代制で張り付いて捜索しているらしい」

「こんな寒い時季にご苦労なことよね。懸賞金目当てなら、もっと他に効率の良いシノギがありそうなものだけど。どうしてそこまでして、金庫を探し出したいのかしら」

「さあ」銀治は首をかしげた。

「中小企業ならまだしも、森川製薬ほどの会社になると、暴力団に絡まれることはむしろ珍しいんだけどなあ」

「子会社で、危なっかしいものはないの？」

「子会社と言っても沢山あるからなあ。調べようがないよ。そもそも俺は経営にタッチしていないから、詳しくないんだけど」

「そもそも、銀治さんは、どうして森川製薬の経営に関わっていないの？」

私が純粋な疑問を口にすると、銀治は嬉しそうに頬をゆるめた。

聞いて欲しいポイントだったらしい。男の自分語りが始まる予感がした。

「それには長い話があって」

「手短にお願いします」

私は釘を刺したが、銀治の話は結局長かった。

遡ること四十年前、まだ二十歳そこそこであった銀治青年は、美代《みよ》という家政婦に恋をした。

「控えめだが、いい女だった」

昨日のことのように銀治は語った。

男は元カノを永久保存すると言うが、それはその通りなのだろう。私は半ば呆れなら、二人で行ったシアターや、家族に隠れて行う逢瀬《おうせ》などなどの話を聞き流した。

兎にも角にも二人の愛は深まり、美代は銀治の子を授かった。銀治は大喜びで結婚を申し入れ、美代もこれに応じたが、翌日、美代は姿をくらましてしまう。

後から分かったことに、当時存命だった銀治の父母がこれをかぎつけ、腹の子どども、森川家から追い出してしまったらしい。銀治は美代の行方を捜したが、とうとう見つからなかった。

もともと勉学に熱心だったわけでもなく、森川家の一員として森川製薬に貢献することがプレッシャーになっていた銀治は、こういった事態が重なり、ついには森川一族に嫌気がさして出奔。その日暮らしを始める。父の葬式にも出なかった。

しかし、その後、母の訃報を受けたときには銀治のほうも五十を超えていて、若い日に抱えたわだかまりも解《ほぐ》れていたので、母の葬式には出たという。それをきっかけに、森川一族と冠婚葬祭の集まりに呼ばれる程度の付き合いが再開したという。

「思ったより、ありきたりな話だったわ」

素直な感想を述べると、銀治は頬を膨らませた。その拗ねた表情が栄治にそっくりでびっくりした。

「ありきたりで悪かったな。でも横から見るのと、その場から見るのは違うんだ」

と含蓄がありそうで、しかしそれほど深くもないコメントを残して、銀治は話を締めくった。

私が思考を暴力団対策に戻そうとしたその時、ふと、銀治の言葉が気にかかった。

「確かに、横から見るのと、その場から見るのは違うわね」

「そうそう、だから、俺の人生はそれなりに――」

「銀治さん、ヘリコプター持ってる？」

私に遮られて、銀治はすっと真顔になった。

「ヘリコプター？　ダチのを借りることはできるけど」

「横から引き上げようとすると、あのチンピラたちが邪魔をするわけでしょ。ヘリコプターで真上につけて、ダイバーを降ろしましょう。チンピラたちと体力勝負をしても負けるだけなんだから、こっちはお金を使って対抗しましょう」

銀治は驚いた顔のまま、ゆっくりうなずいたが、

「でも、そんな面倒な任務を引き受けてくれるダイバーが見つかるかな」

とボヤいた。私はその他人事のような態度にイラついて、

「見つからなかったら、あなたがやりなさい。やりたくないなら、見つけてきてちょうだい」

と言い切った。

銀治は、口を尖らせて、拗ねたようにうつむいた。

栄治そっくりの面差《おもざ》しだった。

銀治がヘリコプターとダイバーを用意してきたのは、それから一週間後だった。

早朝から新木場のヘリポートに集合した私たちは、航空ヘルメットと救命胴衣を身につけて、後方の座席に乗りこんだ。

別に私が同乗する必要はないのだけど、

「暴力団対応があるかもしれないから」

と銀治にすがられた。

上空にいる私たちに対して、河川敷のチンピラたちが手を出せるはずもないのだが、この間の遭遇が相当怖かったのだろう。

ヘリコプターを使うと、東京から軽井沢まで一時間足らずで到着した。渋滞知らずで快適だから、いつもは仲間内でゴルフに行くときに使うらしい。

問題の箇所の上で、空中停止すると、元から感じていたヘリコプターの振動がより一層強く感じられた。座席が振動するせいで、お尻がかゆくなってきたほどだ。換気口を通じて外気が入ってくるので、相当寒く、手袋をしても手先はかじかんだ。

窓から下を見ると、川岸に座っていたチンピラたちが上空を見上げ、こちらを指差している。口を大きく開いているところを見ると、何か叫んでいるようだが聞こえない。爽快な気分だった。

脇を見ると、ヘリコプターという乗り物そのものにロマンを感じるらしい銀治が、満面の笑みを浮かべている。川岸のチンピラたちを認めると、子供のように「あっかんベー」を繰り出したので、呆れてしまった。

元自衛隊員であるというダイバー二人が同乗している。扉を開けると、腰に紐《ひも》をつけた一人がするすると降りていった。ダイバーは金庫に網をくくりつけ、川面に浮上した。それを確認したもう一人の元隊員が、専用の昇降機を使って、川面にいるダイバーと金庫を引き上げた。

ものの十分足らずの出来事であった。私は普段目にすることのないプロの技に、目を見張った。普段は弁護士などという狭いところで生きているから、こうやって、全く異なる分野で活躍する人に触れるのは新鮮だった。

そういえば、私は企業買収案件の際に、財務アドバイザーや会社担当者が取りまとめる会社情報を読むのが好きだった。全然知らない業界を覗けるのが面白いのだ。異なる企業文化を持つ者同士が交渉をするから、企業買収や合併は交渉が長引くこともある。しかし、その異なる企業文化に触れること自体が面白い。

と、そこまで考えて、胸のうちに何かが引っかかった。

拓未はかなりいい条件で、しかも短期間のうちにゲノムゼット社を買収することに成功した。単純に拓未の手腕によるものかもしれないが、手腕だけで企業買収が成功するなら苦労はしない。そこに何か糸口があるかもしれない。

私たちはそのまま東京に引き返し、解散した。金庫は、解錠専門の業者に出すという。

別れ際、私は銀治に拓未がゲノムゼット社を買収した際の「株式譲渡契約書」を手に入れられないかと頼んだ。

銀治が、「どうして？」と目を丸くしたのに対して、私はうまく答えられなかった。自分でもどうしてそんなことを調べるのか分からない。私にお金が入るわけでもないのに。しかし、一連の事件に巻き込まれていく中で、結局一体何が起きているのか、栄治は何をしようとしていたのか、知りたいと思うようになっていた。

まったく、私らしくないことだった。

銀治が電話してきたのは、それから五日後のことだった。

「解錠業者がお手上げだってさ」

なぜか自慢げである。

「俺の特注品だからなあ」

私は少し考えて、口を開いた。

「そもそも、あれは盗品でしょう。見つけたらまずは警察に持っていくべきなんじゃない」

「それだけはダメだよ」

銀治はきっぱりと答えた。

「だって、警察は金庫を開けようとするだろう。暗証番号を三回間違われたら、俺の大事な書類が永久に取り出せなくなる。それは一番困るからね」

「でも、結局、解錠業者も開けられないんじゃ、意味ないじゃない」

「そうなんだよなあ」

と言いつつも、どこか嬉しそうなのは、自分の特注の金庫の堅牢性が誇らしいからだろう。しょうもないこだわりである。

「暗証番号の一つ目は村山さんの弁護士番号だ。だからそれはクリアしている。ただ、もう一つの暗証番号が分からないんだ」

「弁護士番号？」私は思わず聞き返した。

「そう。金庫の暗証番号の一つ目はそれだって、村山さんは漏らしてた。もう一つは内緒だとさ」

確かに弁護士番号は五桁で、金庫の暗証番号も五桁だ。

私は、村山の死に際を思い出した。思い出すたびに震えるほど、村山は苦しげな表情を浮かべていた。

——わたし、と、あのこ……べんごし……ばっ！

「私とあの子の弁護士番号よ」私はつぶやいた。

「えっ？」銀治は唐突に私が言うものだから聞き取れなかったようだ。

「ひとつ目は村山先生の弁護士番号、もうひとつは、村山先生の憧れの人の弁護士番号」

携帯電話を持ちながら、部屋の中を歩き回り、隅に積んである雑誌類から、今月号の『自由と正義』を引っ張り出した。

巻末近くに今月の登録取消者一覧、つまり、弁護士を辞めた者の一覧が載っている。

五桁の弁護士番号とともに、

『村山権太　死亡』

と記載されていた。

あとひとつは、憧れのマドンナの弁護士番号。

「銀治さん、私、もうひとつの暗証番号を調べられると思う」

銀治が何を求めているのか知らない。金庫の中身が何なのかも分からない。しかし、頼まれたことを、法の許す限り、私が責任を持って実現してやろうと思う。これが私の仕事なんだから。

これでいいんでしょう、村山先生――。

私は、死亡と記された誌面を見つめた。

2

三日後の午後九時、銀治の運転するベントレーで、上信越《じょうしんえつ》自動車道をくだり、私たちは軽井沢へと向かった。

物騒な死に方をした弁護士を調べて年代と年齢を照合すれば、村山のマドンナの弁護士はすぐに見つかると私は思っていたが、これは考えが甘かった。

依頼人や相手方に殺された弁護士は、想像以上に沢山いたのだ。その中から一人を見つけ出すことは、とてもできそうになかった。

それならば、村山の「暮らしの法律事務所」の事務所内を探そうと考えた。憧れの人なら、思い出の品か、あるいはせめて死亡記事くらいはとってあるだろうと思われた。

「村山さんの事務所、勝手に上がり込んで良いのかなあ」

ハンドルを握りながら、銀治がぼやいたが、私は、

「あの事務所は私がもらったから、もう私のものなの」

と返した。

紗英に連絡を取って聞いてみたところ、村山には妻子がいないし、親戚付き合いもないようだったから、事務所内は事件当時のまま放ってあるだろうと思われた。

「警察に見つかったら色々面倒じゃないかな」

「見つからなきゃいいんでしょ」

それに、見つかったとしても、私はいくらでも警察に反論して、口先で煙《けむ》に巻いてやろうと思っていた。

「それよりも、金庫を開けたら、本当に実現したいことが何なのか教えてくださいよ」

私は銀治に釘を刺した。

銀治は、金庫の中身を取り戻したら話すと約束していた。

「秘密にするほどのことではないんだが、証拠がないと信じてもらえないだろうからさ」

銀治は少し寂しげに、しかしそれ以上に嬉しいことを話すように、つぶやいた。

それ以上話すこともなかったので、先ほど銀治がくれた書類に目を落とした。

ゲノムゼット社の「株式譲渡契約書」のコピーである。紗英を通じて入手したものらしい。

見慣れた契約形態だ。暗い車内の中でもするすると内容は入ってきた。

「どう？　それ、役に立ちそう？」

銀治が何気なく訊いてきた。私は戸惑いながら答えた。

「うーん。なんか、普通の契約ね。普通すぎて、逆に普通じゃない」

「えっ、どういうこと？」

「だいたいの契約に定番で入っている条項がワンセットあるんだけど。普通は、その事案に合わせて、そのワンセットに追記したり、削除したり、色々作り込むのよ。でもこの契約はそのワンセットがほぼそのまま入っているだけで、作り込みが浅いのよ。弁護士が無能だったのか、時間がなかったのか。いずれにしても、普通すぎて普通じゃないってこと以外、読み取れないわ」

午後十時頃には「暮らしの法律事務所」に着いた。

周囲に人通りはほとんどなく、金庫を盗んだ犯人も容易に侵入できただろうと思われた。

一階の入り口はシャッターが閉まっており、鍵もかかっていた。事件の際に破られていた側面の窓には青いビニールシートが貼られている。

私はベントレーの後部座席から折りたたみ式のハシゴを取り出すと、長く引き伸ばして壁面に立てかけると、二階へ登っていった。

「まるで泥棒だなあ」

銀治が見上げながら呑気な声を出す。

窓に到達すると、腰に提げたポシェットからハサミを取り出してブルーシートの端を切り取り、破られたガラスの隙間に身体をねじ込んだ。女性であれば楽々入れるし、男性でも慎重に身体の位置を調整すれば入れそうだ。

私は窓から顔を出すと、

「車を早くどけてください」

と言った。

「はいはい」

銀治は言いながら、ハシゴをベントレーの後部座席に戻すと、車に乗って表通りへ出て行った。あまりに目立ちすぎる車なので、別の場所に移動してもらう必要があった。

私は素早くポシェットからガムテープを取り出し、ビニールシートの端を内側から塞いだ。これで少なくとも、外部から一見して侵入者がいるとは分からないはずだ。

事務所の電気をつけると、ブルーシート越しに外へ電気が漏れるかもしれないので、私は懐中電灯を取り出して、あたりを照らした。

警察が出入りしたためか、あちらこちらに物が寄せられているが、以前来たときとさほど変わらない光景だ。事務机の脇、村山が倒れていた場所に向かうと、私は手を合わせた。

その後、机の上や中、本棚を探す。

目当てのものは、古雑誌が詰まった本棚の端にあった。

一冊だけ、『自由と正義』が差し込まれている。年代を見るとちょうど三十年前に発行されたもので、村山のマドンナが死亡した時期と重なった。

手に取ると、私が開くまでもなく、もともとついていた開きぐせに沿って、登録取消者リストの頁で開いた。村山が何度も見返していたのかと思うと胸がつまる。

ずらりと並ぶ登録取消者の中で、女性の名前は一人だけであった。

『死亡　東京　栗田《くりた》知世《ともよ》』

現在の誌面とは体裁が異なっている。今は横書きで、弁護士番号まで記載されているが、当時の『自由と正義』では、縦書きで、弁護士番号は載っていなかった。

私は、肩にかけてきたショルダーバッグから、古新聞のコピーの束を取り出した。念のため、過去に事件関係者に殺された女性弁護士たちの記事を集めてあった。懐中電灯で照らしながら、ざっとめくっていくと、三十数年前の記事で手が止まった。

『二十八歳の女性弁護士、刺殺される』

との見出しで、すぐ左に小さな白黒写真が出ている。

写真のすぐ下に、弁護士番号とともに、栗田知世さん、と名前が記載してあった。

私は暗がりの中で、懐中電灯を握り直し、栗田弁護士の顔写真を見つめた。ミディアムヘアで、細い眉の下から意思の強そうな大きな目が覗いている。

もう一度、『自由と正義』の誌面、「死亡」の文字に視線を落とした。

そしてふと、いつか私も村山や栗田弁護士と同じようにここに載るのか、と思い至り、唾をのんだ。

弁護士という仕事に命を張ってやるだけの何かがあるのか、私には分からない。

しかしとにかく、村山の言葉通り、私は長生きしようと思った。

それから銀治と私は落ち合って、銀治のペンションへ向かった。

部屋に着くとまもなく、中央に置かれた金庫と私たちは向き合った。

私は深呼吸をして、村山の弁護士番号と栗田の弁護士番号を読み上げ、銀治がそれを聞きながら正面についているボタンを押した。

金庫は難なく開いた。

二通の封筒が入っていた。一通はＡ４サイズの薄い封筒、もう一通はＡ４の三つ折りサイズの小型封筒で分厚いものだ。

銀治はそれらを取り出して、小型で分厚いほうの封筒を私に手渡した。私が中を検《あらた》めると、栄治の遺言が二通、そして、紗英に一度見せてもらったことのある元カノリストが出てきた。

大きくて薄いほうの封筒からは、クリアファイルに入れられた薄い冊子が出てきた。銀治はその冊子を見つめると、胸に抱えるようにつかみ、破顔した。嬉しさが余って、泣き出しそうな勢いすらある。

「約束だったよな。これだ」

と言って、銀治が差し出したのは、「父子関係鑑定書」と題された書類である。開いてみると、素っ気ない文章が二行だけ並んでいる。
・検体1と検体2：父子関係あり
・検体3と検体4：父子関係あり
「これが俺と俺の子供をつなぐ唯一の手がかりだったんだ」

「俺の子供って？」

私が訊くと、銀治は照れているような、誇らしいような顔で言った。

「平井真人。森川製薬の副社長さ」

驚きのあまり、私は声が出なかった。目だけを動かして、銀治の顔をまじまじと見つめた。

森川製薬の会議室で顔を合わせた平井副社長のことを思い出したが、どうも銀治とは結びつかない。

「こんな俺が父親だなんて笑えるよな」

「もしかして、家政婦の美代さんとの子供ってこと？」

私が問うと、銀治は頷いた。

「転機は、この前の栄治くんの誕生日パーティーだった。そこに招かれていた平井副社長の顔を見て、雷に打たれたようになった」

これもまたよく覚えているなと感心してしまうのだけど、銀治曰く、平井副社長の面影が若き日の美代にそっくりだったという。しかも、家族の誰もが忘れていただろうが、美代の苗字は「平井」といった。

銀治はこれを確かめずにはいられなくなり、平井が使用した箸を盗んだ。そして箸に付着した成分を検体として自分と父子鑑定を行ったところ、予想通り、自分の子供だった。

自分の息子が立派に出世しているのを見て喜んだのも束の間、老年に至るまで定職にもつかずフラフラとしていた自分のような者が、父親だと名乗り出ても迷惑ではないだろうかと思い始め、結局今に至るまで、このことは本人に打ち明けていないという。

「きっと美代さんの育て方がよかったんだ。あの息子とこんな親父じゃ、雲泥の差だろ」

自虐のような自慢のような口調で銀治は言う。

生き別れた父親の社会的な地位など、子供のほうはあまり気にしないのではないかと思うものの、父親のほうはそれが気になるらしい。これも男のプライドというわけか。

「俺には、真人の野望が分かったよ。美代さんからどこまで聞いているかは知らないが、過去に美代さんが森川家で働いていて、そこから追い出されたことくらいは調べがついているだろう。母を冷遇した森川家から、森川製薬を取り上げることで復讐しようとしているんだ」

確かに平井は、起業家として十分な資産を有している。本来であれば投資会社などで働く必要はなく、さらに、自ら名乗りをあげてまで森川製薬の役員に就任する必要はない。積年の恨みを晴らすために、はるばる森川製薬に乗り込んできたということだろうか。

「俺は、真人の復讐に協力しようと思う。栄治くんが持っていた森川製薬の株式を俺が取得して、そして俺が死ぬときにそれを真人に譲れば、真人はより強い影響力を持つことができるだろう。その他の資産も、できれば真人に譲ってやりたい」

こういった志をもって犯人選考会に参加していたというのに、当の平井副社長からノーを突き付けられているのは皮肉なものである。

「なるほど。事情は承知したわ」

私は頷いた。

しかし、鑑定書を必死で探していた点について疑問を口にした。

「こういった鑑定書なら、紛失しても鑑定機関に言えば再発行してもらえたんじゃないの？」

銀治は首を横に振った。

「そもそも、相手の同意なく鑑定すること自体違法なんだ。俺は特殊なルートを使って匿名で調べてもらったから、そう何度も出してくれというわけにはいかないんだ」

私は首をかしげる。

「匿名で調べてもらった書類なら、裁判の証拠になるわけでもないし、尚更この鑑定書は、手元にあってもなくてもいい書類ってことじゃない？」

銀治は憮然とした顔をして、

「証拠になるとか、ならないとかではなく、あの子と俺の唯一の繋がりなんだよ」

と反論した。

二人の間に繋がりがあるという事実は、この鑑定書が手元にあってもなくても変わらない。それなのに、鑑定書の存在にこだわるなんて実に不合理だと私は思ったが、それ以上は立ち入らないことにした。私には理解できないが、銀治には銀治なりのこだわりがあるのだろう。

　私は鑑定書の頁をめくりながら、

「検体1と2、検体3と4というふうに、二つの検体でダブルチェックしてもらったの？」

　と訊くと、銀治は、

「いいや、検体3と4は、ついでに興味本位で調べただけで、栄治くんと亮くんの父子関係の検査だよ」

　と、なんともない口調で言った。

　私は一瞬、固まってしまった。

　ログハウスの中の暖房が効き始めて、ぼおお～と温風が吹き出す音が聞こえた。

「え、ええ、栄治と亮くん？」素っ頓狂な声が出た。

「亮くんって、お隣の堂上さんのところの？」

「そうそう」

　銀治はのんびりした口調で言う。

「栄治くんは、一度俺に、『亮は僕の子供じゃないか』と漏らしたことがあったから、それ以来、俺はもうあの二人が親子にしか見えなくなっちまったんだよ」

確かに振り返ってみると、亮の泣き顔を見て栄治の面影を重ねてしまったし、左利きを右利きに矯正されたことを深刻そうに告げる姿も似通ってはいた。

「栄治くんも喜んでいたんだけどなあ」

「え、栄治に教えたんですか？」

私はびっくりして声をあげてしまった。ＤＮＡなんて、他人のプライバシーの最たる部分だから、勝手に父子判定をしたらアンタ子供いたよ、だなんて、とても告げられるものではないはずだと感じた。

「だって彼、亮くんを相当可愛がっていたし、『亮が僕の子供だったらいいのになあ』なんて言うこともあったから、俺としてはこの情報は是非とも栄治くんに教えるべきだと思ったわけよ。願望含みではありつつも、栄治くんなりに思い当たる節があったんじゃないか？」

その話を聞いて、私はハッとした。

手に握った栄治の遺言を開いて、「元カノリスト」に目を落とした。

楠田優子、岡本恵理奈、原口朝陽、後藤藍子、山崎智恵、森川雪乃、玉出雛子、堂上真佐美、石塚明美……。

確かに、「堂上真佐美」と書いてある。

紗英が堂上の妻について不満を漏らしていた。その妻の名前は「真佐美」だった。

「つまり栄治は、お隣の人妻と不倫していたってこと？」

私は銀治に訊いた。

銀治は、「ええっと」と言いながら、視線を上に向け、腕を組んだ。

「もともと奥さんのほうと栄治くんが同僚だった。それがきっかけになり、獣医である旦那さんにバッカスを見てもらうようになり、軽井沢の屋敷の隣の土地を夫婦に売ったらしいから、順序としては不倫が先で、お隣になったのが後なのかなと思うけど」

しかしいくら元カノリストといえども、すでに他界している不倫相手の名前まで書いてしまうものだろうか。死ぬ直前には、不倫かどうかなんてどうでも良くなるのかもしれないが。村山の話によると、あの子はああいう子だった、この子はこういう子だった、などと話しながら作ったと言っていたから、栄治は「オレの元カノ」をひとり残らず紹介しないと気が済まなかったのではなかろうかと邪推してしまう。

「栄治にこの事実を伝えたのはいつですか？」

銀治は当時を思い出すように、顎に手を当てて考えると、

「鑑定結果が出てすぐ知らせに行ったから、あれは一月二十九日の夕方だったと思う」

「二十九日ということは、栄治が亡くなる前日ね」

「ああ、あの時すでに相当苦しそうだった。栄治くんは自分がもうすぐ死ぬと思っている節があって、『亮に遺産を残したい、村山弁護士を呼んでくれ』と言うから、俺はその場で村山弁護士に電話して、次の日の昼には来てもらうようお願いしてあった」

私は自分の手元に握った、遺言の日付を見た。

第一遺言が一月二十七日付、第二遺言が一月二十八日付だ。

翌二十九日に至って、自分に息子がいることを知り、さらに遺言を書き換えようとしたというわけだ。

ところが、遺言の変更はかなわず、翌三十日の未明には亡くなってしまう。

「栄治の病状はそんなにひどかったの？」私は念押しをする。

「本人はしきりに『僕はもう死ぬ』と言っていたね。実際に生死に関わるものなのか俺には分からないけど、辛そうではあった」

栄治を殺したいほど憎んでいる人がいたとして、今すでに瀕死《ひんし》の栄治をわざわざ殺すだろうか。このまま死んでしまえばラッキーだなと思いつつ、静観するはずだ。

だがもし、次の日に自分に不利に遺言を書き換えられてしまうとしたら？

遺言が書き換えられる前に殺してしまおうと考えるかもしれない。ちょうど瀕死の状態だから、今殺してしまっても、病死として片付けてもらえるという見込みも立つ。

万が一、病死と判断されない可能性を考えて、マッスルマスターゼットの注射器を栄治に握らせておく。そうすれば、それを発見した森川家の人間は死因の隠蔽に動くだろう。

屋敷の鍵はかかっていないし、栄治は睡眠薬で眠っている。あの時間にあの場所に行ける人間であれば、誰でも犯行可能だ。

しかし、そうまでして栄治を殺したいという動機を持っている者は、一人しかいなかった。

「堂上さんが殺したのね」

私はポツリとつぶやいた。

「堂上さん？」銀治が聞き直す。

「そう、栄治に遺言を書き換えられて、一番困るのは堂上さんだもの」

銀治は首をかしげた。

「でも、亮くんにお金が入るように書き換えるのだから、堂上さんにとっても良い話じゃないか」

私はフッと笑ってしまった。

自分がこの台詞を言う日が来るとは思わなかった。

「お金より大事なものがあるのよ。堂上さんにとっては、亮くんが栄治の子供であると知られることは、何百億というお金をもらっても、嫌だったのでしょう。いやむしろ、何百億というお金をもらうこと自体、嫌だったのかもしれない。子供にとって自分が唯一無二の父だったというのに、いきなり現れた実の父が頭越しにポンと大金を渡していくとなると、堂上さんの立場がないから」

「でも、お金が欲しくないなら、遺言に書かれていても受け取りを拒否すればいいんじゃないか」

私は首を横にふった。

「自分がもらうなら拒否することができるけど、子供がもらう場合は、親の意向じゃ拒否できないわ。基本的に親権者は子供に不利な意思決定をできないもの」

手に握った栄治の遺言状をじっとみつめて言った。

「私は最初、拓未さんが怪しいと思っていたんだけど、よく考えると拓未さんはわざわざ手をくだす理由がないのよ。放っておけば栄治は体調不良で死ぬわけだから」

「村山さんや、この金庫は？」銀治が尋ねた。

「金庫の中身が欲しいのなら、川に捨てたりしない。犯人としては、中身を葬りされればよかったの。そして、銀治さんの鑑定書は、一見して何を意味するのか分からないし、言ってしまえば銀治さん以外に価値を見出す人はいない。栄治の遺言状本体は、全てウェブサイトに載せてあるから、この情報も葬ることはできない。そして残るは

「――」

「元カノリストってことか」銀治が口を挟んだ。

「そう、それを見ると、奥さんの名前がちゃんと書いてあるから。そして、村山先生は元カノリストを見てしまったから、殺された」

「そんなの、あんまりだ」銀治が頭を抱えた。

思えば、軽井沢の屋敷で雪かきをした時、村山は堂上に「栄治くんの遺言のことで、ちょっとお話が」と言った。

私はてっきり、バッカスの世話をした功労者として受け取る遺産の話をするものだと思っていた。

しかし実際には、おそらく村山は、真佐美が元カノとして受け取るはずだった遺産について、堂上が替わって受け取るかどうかを確認したのだろう。

その際に、堂上は、栄治の元カノリストに妻の名前が晒されていることを知る。

堂上にとって、妻の浮気を知る人間がこの世に存在することが耐えられなかったのだろう。図らずも、殺される直前に村山が口にした通り、自分が死ぬか、相手を殺すか、一騎討ちの状況だったわけだ。

手元の元カノリストに視線を落とす。

「だいたい、元カノリストってなんなのよ。こんなものを作るから悪いのよ。こんなの興味あるの、紗英くらいしか」

ここまで言って、私は固まった。

そして、その次の瞬間、

「紗英が危ない！」

思わず口から声が漏れた。

紗英は元カノリストのコピーを持っていたはずだ。

私はすぐに紗英に電話をして、元カノリストのコピーを誰に見せたかを訊いた。

紗英は私からの突然の電話をいぶかったが、

「あなたと雪乃さんには見せたけど、他の人には見せてないわよお」

と呑気な口調で言う。

私は紗英との電話を切って、次は雪乃に電話をした。

「あら、麗子さん、ご無沙汰ね。またうちに泊まりにいらっしゃ——」

話し始めた雪乃を遮って、私は、

「雪乃さん、紗英さんから栄治の元カノリスト見せてもらったわよね」

「ええ、紙は見たわ。突きつけられただけで、中身はよく見てないのだけど」

「そのことを、誰かに話したことは？」私は語気を強めた。

「え、ちょうどさっき、同じようなことを堂上先生に聞かれて、紗英さんがコピーを持っていたわってお話ししたところだったの」

私は血の気が引くのを感じた。

「さっきって、いつ？」

「ほんのさっきよ、五分前くらい」

「紗英は？　紗英は今どこにいるの？」私は電話越しに叫んだ。

「どうしたの急に大きな声出して。紗英さんなら、今日は東京の自宅にいるはずよ。一人暮らししているマンションのほう」

私は手早くその住所を聞き取り、そのうえで、

「ねえ、その住所、堂上先生には教えてないわよねっ？」

と訊いた。雪乃は困惑した様子で言った。

「訊かれたから教えましたけど。紗英さん、堂上先生のことを憎からず思っているんだから、別に教えたっていいじゃない」

私は雪乃に説明もせず、電話を切った。

そしてすぐにもう一度、紗英に電話をした。だがつながらない。

時刻は夜十一時を回っていた。東京行きの新幹線はもうない。

「銀治さん、元カノリストの情報を、ウェブサイトでも動画配信サイトでもいいから、なるべく早くネットに流して。警察にも連絡を」

そう言いながら、私は立ち上がり、テーブルの上に置かれた車のキーをつかんだ。

「それから、車、借りるわよ。私は紗英のところに行く」

3

夜の上信越自動車道を、私はベントレーでぶっ飛ばした。

新幹線のないこの時間帯なら、堂上も車で向かっているはずである。この高級車の最高スピードであれば、堂上よりも早く紗英の元へ着けるはずだ。

あまりに大幅にスピード違反をすると刑事裁判にかけられてしまう。だが、私は刑事裁判の事件記録の中で、スピード違反を取り締まっている地点を熟知していたので、その地点に近づいたときだけスピードを落とした。弁護士をやっていてよかったと心底思った。

結果として通常よりも三十分は早く紗英のマンション前につくことができた。銀治が事前に通報していたから、その場には警察官も二人、駆けつけていた。

私が警察官に近づいていくと、そのうちの一人が、

「通報者のかたですか？　問題の部屋ですが、インターホンを鳴らしても開かないみたいです」

と言う。

「開かないじゃなくて開けてください」

と私が反論すると、警察官はムッとした表情を浮かべたが、私は構わず、

「管理会社に連絡して、マスターキーを手配してもらえばいいでしょう。早く」

と急かした。

幸い、紗英が住んでいたのは、住み込みの管理人がいる高級マンションだったので、十五分後には、管理人ともども紗英の部屋の前にやってきた。

「すごい剣幕で通報があったから来ましたけど、一体なんなんですか。これで何もなかったら公務執行妨害罪ですよ」

ぼやく警察官を押し除け、私は、紗英の部屋に立ち入った。

小ぶりな1LDKで、紗英らしくインテリアは薄いピンクに統一されている。

私は素早く、リビングルーム、ダイニング、キッチン、風呂場と見て回ったが、どこにも紗英はいない。

その間もずっと紗英に電話をかけ続けていたが、一向につながらない。

「ほらあ、誰もいないじゃないですか。公務執行妨害罪に加えて、これは住居侵入罪ですよ」

いちいち口を挟んでくる警察官に対して、私は、

「うるさいわねっ！　こっちこそ、あんたたちの任務懈怠《けたい》で国家賠償請求してやるわよ」

　と怒鳴ったが、警察官が、

「今ので強要罪が追加ですよ。あなたね、とにかく一度署まで……」

　そうこうしていると、パトカーがもう一台やってきて、さらに二人の警察官が降りてきた。もちろん、彼らのミッションは不審者である私を取り押さえることである。

　マンション前で押し問答をしている私の周りを四人の警察官が取り囲んだ。

　ちょうどその時、かけ続けていた電話に紗英が出た。

「なによ、麗子さん、何度も電話しちゃって」

　声は元気そうである。私はすぐにスピーカーフォンに切り替えた上で、周りの警察官に声を出さないよう、唇に一本指を立てて指示をした。

「紗英、あんた、今どこいるのッ」

　私は怒気を込めて叫んだ。

「あんたねえ、私が堂上先生のこと好きって知っていて、盗ったわねッ」

　紗英から情報を引き出すために、私はデタラメなことを言った。

　鎌をかけたのである。

　一瞬、沈黙が流れて、紗英が、ククク と小さく笑うのが聞こえた。

「別に私が盗ったわけじゃなくって、先生からお誘いが来ただけだもん」

勝ち誇った声である。

私はあと一歩だと思って、小さく頷いた。

「そんなのどうせ嘘でしょ。今だって本当は自分の家のコタツの中で膝でも抱えて、ひとり寂しくミカンでも食べてるんじゃないの？」

私は一転して、紗英を馬鹿にしたような声を出した。

すると紗英のほうも一段と、私を小馬鹿にした口調になった。

「そんなことないもん！　私はこれから、品川埠頭《ふとう》へ行って堂上先生とレインボーブリッジを見るんですから」

私は指でパトカーを指して、警察官たちに今すぐ品川埠頭に向かうよう指示を出した。だが察しの悪い警察官たちは首を横に振るばかりだ。

「もう真夜中よ？　本当に堂上先生が来るかしら」

さらに鎌をかけると、紗英は、

「もう十分くらいで着くって連絡がありましたからね」

と言った。

その言葉を聞き終えるか終えないかのうちに、

「紗英、今のうちに逃げなさい。堂上はあんたの命を狙っているのよ」

と叫んだ。

しかし案の定、紗英は私の電話を切ってしまった。

すぐに警察官たちに向き合うと、

「聞いていたでしょ！　今すぐ品川埠頭に向かうのよ。レインボーブリッジが見える場所は限られている。十分以内に毒物を持った男が現れるわよ。ほら、早く！」

と言うが、警察官は動かない。

私はしびれを切らして、この際どうなってもいいと腹を括った。

明後日の方向を指差して、

「あ！　黒田《くろだ》検事正！」

と適当な検察官の名前を叫んだ。

すると警察官たちは条件反射的にそちらを振り向いて、敬礼をしようとした。

その瞬間、私は駐車していたベントレーを目がけて走り出した。

警察官も慌てて私を追うが、こっちは陸上でインターハイに出ている身である。

中年の警察官たちをぐんぐん引き離し、ベントレーに飛び乗って、勢いよく発車させた。

品川埠頭まで、飛ばしに飛ばして、七、八分というところだ。私はあえて警察署の前の信号をいくつか無視し、猛スピードで交差点を走り抜けた。

後方からパトカーのサイレン音が聞こえる。その中に混じって、

「その車、止まりなさい！　止まりなさい！」

という警告が聞こえる。

その声で、いい具合に警察官たちが私を追っていることを確認できた。

品川埠頭めがけて、車で突っ込んだ。

ベントレーに続いて、三台のパトカーが埠頭に乗り入れた。

私がスピードをゆるめようとした途端、視界の右側から、一台のパトカーが飛び出してきた。先回りしていたらしい。

私は慌ててハンドルを左に切り、すぐにブレーキをかけようとした。

しかし間に合わず、黄色い柵に車の頭から突っ込んだ。

柵は頑丈な鉄製だったらしい。

ぶつかった衝撃で柵がきしみ、車のフロント部分がぐしゃっと凹《へこ》むのが体感で分かった。

すぐに車から飛び降りた。

あたりはパトカーのライトで明るく照らされている。

私はそのライトの中に人影を見つけて、その人影を目がけて走り出した。

「堂上！」

私は叫んだ。

二つある人影のうち大きいほうがこちらを振り返った。

「元カノリストは、もうネットで公開したッ」

堂上が聞き漏らさないよう、私は、声の限り叫んだ。

「だからもう、紗英を殺しても無駄よッ」

叫んでいるうちに、警察官がゾロゾロと降りてきて、私を取り囲もうとした。

私は警察官を振り向いて、

「あの男は毒物を持っているのよ！　隣の女の子が危ない！」

と怒鳴った。

流石に警察官も、深夜に埠頭にたたずむ男女を不審に思ったのか、二つの人影を懐中電灯で照らした。

堂上と紗英が、驚いた顔をこちらに向けた。

「麗子さん、どうしたの」

紗英が呆れた声を出す。

「あんたの隣にいる、その堂上が、栄治を殺したのよ！」

私は声を張り上げた。

「そんなわけないじゃない」

紗英はそう言いながらも、不安そうな表情を浮かべて、堂上から距離をとった。

「堂上、証拠はもう揃っている！　観念しなさい」

証拠があるかなど私は知らないが、とにかく堂上を諦めさせようと私はほえた。

遠巻きに見ていた警察官たちが、徐々に私を取り囲んでいく。警察官と警察官の隙間から、堂上と紗英のほうにも、数名の警察官が近寄っていくのが見えた。

堂上が手に持った鞄を持ち上げるのが見える。

鞄を海に投げ入れようとしているようだ。

やばい、と思った。

自分を取り囲む警察官たちに、肩で思い切り体当たりをした。

警察官が怯んだ隙に包囲から抜け出して、走り出し、堂上の脇腹に向かって頭から突っ込む。

堂上は鞄から手を離した。

鞄が宙に弧を描いて飛んでいくのが目の端に見える。

私は一度崩したバランスを即座に整えて、膝を曲げ、大きく跳んだ。

長く伸ばした手の先で鞄の端をつかみ、引っ張り込む。

そのまま私は、埠頭の硬いコンクリートの上を転がった。

「痛ッ……」

とつぶやきながら、身を起こす。

腕の中には、堂上の鞄を抱えている。

「なんだお前」

堂上が短くつぶやくのが頭上から聞こえる。

私と堂上の周囲に警察官たちが寄って来た。

堂上は「クソッ」と言うと、心配そうに駆け寄った紗英を片手で押しのけて、走り出した。

私は取り囲む警察官たちへ、

「あの男を捕まえて！」

と叫んだ。

警察官たちは困惑した様子で、顔を見合わせている。

「早く！　追いかけて！」

私の剣幕に押されたらしい数名の警察官が、慌てて堂上の背中を追いかけた。

私は取り囲む警察官たちへ呪文のように、

「この鞄の中には、毒物が入っているはずよ。あの男は殺人犯。絶対捕まえてちょうだい。もし逃したら、任務懈怠で国家賠償請求をしてやりますからね」

と言い続けた。

私を取り囲む警察官はうんざりした顔をしていたが、恥も外聞もなくやりきって、放っておくと逆に面倒だと感じさせない限り、警察官が相手にしてくれないことを私は知っていたから、警察官がうんざりした顔をするのはいい兆候だった。

結局その夜、私は警察署内の留置所に入れられた。

暖房もないなか、毛羽立った薄い毛布一枚で寝ることになったけれども、これまでにないくらい堂々とした大の字になって、ぐっすりと寝た。

お天道様に恥じるようなことは何もしていないと思った。

第七章　道化《ピエロ》の目論見《もくろみ》

1

「やりすぎましたね」

面会室のアクリル板越しに、津々井先生が言った。

私は言葉もなく、頭を下げた。

正式に逮捕勾留手続がとられ、誰か弁護人をつけるかと警察官に問われた時に、津々井先生しか私の頭に浮かばなかった。揉めはしたし、色々と失礼を働いたけれど、私の知っている弁護士の中で一番強いのは、やはり津々井先生だったからだ。

断られるかなとも思ったが、津々井先生は連絡してから一時間後には面会に来てくれた。

「これは貸しにしておきます」

津々井先生の言葉に、私は黙ってうなずいた。

「と言いたいところですが、実は借りがあるのは僕のほうです。その借りを今回返してチャラということで」

と、津々井先生はにっこり笑った。

「貸しなんて、ありましたっけ?」

私には思い当たる節が何もなかった。

津々井先生は、いつも通りの穏やかな口調で口を開いた。

「剣持先生が、靴の汚れから、僕の家庭内の不和を指摘した時、僕は逆上してしまいました。妻を信頼していたし、彼女がよからぬことをしているとはとても思えなかったから、クライアントの前でとんだデマを流されたと思ってね」

「その節は、すみませんでした」私は再び頭を下げる。

「いや、いいんです。あれから妻の様子をよく観察するようにしていると、なんだか顔色が悪くて、少し無理をしているように見えたのです。本人は我慢強い性格ですから何も言わないのですが、僕が無理矢理病院に連れて行ったところ、初期の胃がんでした。幸い、発見が早かったので、きれいに切除できそうです」

思わぬ展開に、私は黙ったまま目をまたたいた。

「剣持先生の観察眼のおかげです。妻はいつも僕の靴を磨いてくれていましたが、近頃は身体がキツくて、そこまで手が回っていなかったようです。僕ひとりでは気がつきませんでした」

困惑しながら私は津々井先生を見つめ返した。

「それはよかったですけど、結果論にすぎませんよ。あの場では失礼を働いたわけですし」

津々井先生は、首を横にふった。

「結果論でいいんです。むしろ、結果が全てです。見ていてください、僕も結果を出します。公務執行妨害、住居侵入、強要、暴行、道路交通法違反などなど、現在多くの罪名が剣持先生に連なっていますが、十日後には、剣持先生を自由の身にして差し上げます」

津々井先生は、力強くそう宣言すると、颯爽《さっそう》と面会室を出て行った。何をするつもりなのか知らないが、任せておけばいいだろうと思えた。

それから数日の間、ひっきりなしに、色々な人が面会にやってきた。

まずは朝陽。

私が逮捕されたのを聞いてすぐ、目を真っ赤にしてやってきてくれた。素直ないい子だと私は感じ入ってしまった。

その朝陽の話だと、あの晩、数十分のうちに堂上は警察官たちに取り囲まれ、任意で事情聴取を受けることになった。私が指摘した通り、堂上の鞄には違法な毒物が入っていたため、そのまま逮捕されたという。相当みっちり取り調べを受けているから、殺人や窃盗について自白するのも時間の問題だろうとのことだった。

そして次に来たのが銀治。

あの晩の騒動を知っているのだから、労《ねぎら》いに来てくれたのかと思いきや、私が銀治の愛車ベントレーを激しく柵にぶつけたせいで、大破したベントレーは廃車になったと文句を言いに来ただけだった。

腹が立ったから、「三千万円ぽっちの車、また買えばいいじゃない」と言い返してやったし、それでも腹の虫が治まらず、「それで新しい車に乗って、さっさと平井副社長に本当のことを話してしまいなさい。意地を張っていたって仕方ないんだから」と説教してやった。

その次に来たのが富治。

色々なお菓子と本を買ってきて私に差し入れてくれたのはありがたかった。お菓子のセレクトを見るにつけ、富治は相当な甘党だろうと思われた。本は予想通り、マルセル・モースの『贈与論』であった。

その富治の話によると、亮は一旦、拓未と雪乃が面倒を見ているのだという。育ての親が逮捕されたことは未だ理解できていない。亮についていなければならないから、拓未と雪乃は面会に来られないと言っていたそうだ。

さらにいうと、亮が雪乃たちの家に身を寄せるようになってからというもの、栄治の屋敷を離れなかったバッカスが、さっさと雪乃たちの家のほうに居ついてしまったらしい。犬は人間の不安な気持ちを察して寄り添うと言うが、亮の不安定な状態をおもんぱかってバッカスが寄り添っているのだとしたら、心強いものだ。

その次にやってきたのが、意外なことに、兄の雅俊であった。

雅俊は、私の顔をまじまじと見つめて、

「お前が塀のそっち側に行くとは思っていなかったよ」

と言った。

これは法律家として聞き捨てならないと思い、私はすかさず、

「私は未だ起訴もされていない被疑者よ。日本には、無罪推定の原則というのがあって、有罪判決が出ていない限り、私のことは無罪だと思ってちょうだい。つまり塀のそっち側というような、すでに刑務所に入っているかのような物言いは不適切であって――」

と反論し始めると、雅俊は笑って、

「元気そうでよかった」

と言った。

留置所の劣悪な環境でも一日目から爆睡していたし、二日連続で寝ればもう自分の家のようなものだから、のびのびとくつろいで、何のストレスもなく毎日ゴロゴロしている。私が元気なのは当然であった。

「父さんと母さんも心配していたよ」

と雅俊が言うから、私は思わず吹き出して、

「お母さんはまだしも、お父さんが心配するわけないじゃない」

と言い返すと、雅俊はやれやれといった表情で口を開いた。

「お前は父さんの自慢の娘なんだから、心配して当然だ」

私は納得がいかなくて口を出した。

「私が自慢の娘なわけないでしょ。お父さんなんて、私を褒めたこと一回もないじゃない。お兄ちゃんのことは沢山褒めるのに」

雅俊は私の顔をじっと見て、

「お前、本当に何も覚えていないのか？」

と尋ねてきた。

覚えていないのかと訊かれても、何のことか分からないから、きっと覚えていないということだろう。

「お前が小学校に上がったくらいの頃に、父さんに言ったんだよ。『私は外でいっぱい褒められるから、お父さんは、あんまり褒められてないお兄ちゃんを褒めてあげてね』って。今考えると、俺に失礼な話だけどな」

「私、そんなこと言ったの？」私は全然覚えていなかった。

「ああ、言った。あの時、兄は相当傷ついた」

あとは世間話を二、三して、優佳との結婚式の日取りが決まったということを告げ、雅俊は帰って行った。

そして、最後にやってきたのが、紗英だった。

紗英はむっつりとした表情で面会室に入ってきて私の前に座り、しばらく黙っていた。紗英のほうから面会を申し込んできたのに、私から気を使って口を開くのもしゃくだから、私は私で黙っておくことにした。

面会時間は十五分程度なのに、最初の五分は互いに黙っていたので、私の後方で控えている立会警察官がそわそわし始めたところで、紗英がぽつりと、

「ありがと」

と言った。

意地っ張りなこの女のわりに、上出来だと思った。

紗英が来た頃には、堂上のほうの取り調べはかなり進んでいて、その供述内容が新聞や週刊誌を賑わせていた。

堂上は、妻の真佐美が残した日記を見て亮が自分の子供ではないと知ったが、これを隠して自分の子供として育てようとしていた。

妻の真佐美は、過去に銀治が家政婦に身籠らせたとき家政婦もろとも森川家から追い出されたということを知っていたから、栄治の子であると言い出せずにいたらしい。

今年一月二十九日の夕方に、堂上は栄治に呼び出され、実子である亮に遺産を渡すために遺言を変更する予定だと告げられた。栄治としては厚意で伝えたのかもしれないが、堂上のほうでは、それを契機に殺意が芽生えたという。

日をまたいで一月三十日未明、屋敷に忍び込み、死体解剖をしても検出されにくい塩化カリウムを静脈注射して殺した。

堂上は以前、試作品を見せてもらったことがあったので、栄治の屋敷のどこにマッスルマスターゼットが保管されているのか知っていた。保管場所から、マッスルマスターゼットの注射器を一つ持ち出して、栄治の手に握らせたという。

そしてそれらの供述に沿って再度の裏付け捜査が行われ、物的証拠も少しずつそろってきているという。

例えば、堂上が多数所有していた動物用の注射器の針の太さと、栄治の左ももに残された注射痕は一致しているらしい。

栄治を殺すときは、いずれあと数日で死ぬ人間なのだから、その寿命を数日間だけ縮めてもバチが当たらないだろうという悪魔の声に負けてしまったという。しかしいざ栄治を殺してしまった以上、妻の不倫が外部にバレたら、「殺しのモトがとれない」ような気がしてきたという。いつか私が朝陽に話して聞かせた「コンコルド効果」という心理的傾向によるものだろう。村山から、亡き妻の元カノとしての相続分を堂上が代わりに受け取るか問われたとき、村山を殺す決意をしたらしい。

堂上は、動物用の治療漢方薬として所持していた附子《ぶし》をタバコに塗り付けることで、村山を殺害したという。村山と話した時に、元カノリストが金庫の中に入っていることを聞いていたから、金庫ごと盗んで近くの川に捨てたらしい。

「紗英は、不倫のこと、知っていたんでしょう？」

私が訊くと、紗英は黙ってうなずいた。

紗英は「元カノリスト」を丹念に検めていただろうから、当然そこに堂上の亡き妻の名前が載っていることも知っていた。しかし、故人のことを悪く言うわけにもいかず、悶々《もんもん》としていたのだろう。紗英が言いふらさなかったからこそ、秘密が秘密のまま保たれ、結果的に紗英の命が狙われることになったのは皮肉だが——。

「そういえば、頼まれたもの、持ってきたわよ」

紗英が分厚い紙の束を手にしている。

「後で差し入れておくから」

私は津々井先生を通じて、紗英にある資料を集めるように頼んでいた。

「ありがと」私も紗英に礼を言った。

紗英は、ぷいと横を向いて、

「別にいいよ」

と応えた。相変わらず可愛くない横顔だった。

紗英の耳元で、銀色の星形のピアスが揺れた。紗英の好みではなさそうな、スポーティーなデザインだったので目を引いた。

私は何気なく、

「かっこいいピアスじゃん」

と声をかけると、紗英は耳元に手を当て、私の顔を見た。

私と紗英は、黙ったまま、十秒くらい見つめあった。紗英の目がどんどん潤んでいくのが見てとれた。

紗英は私の視線から逃げるように、再び横を向いた。

「これ、栄治さんがくれたの。成人式のお祝いのときに」

瞬きをした紗英の目元から、一粒、涙がこぼれ落ちるのが見えた。

「栄治さんは死んじゃったし、堂上先生は捕まっちゃった」

うつむいた紗英は、

「私って、ほんと、男運ないよね」

とつぶやきながら、目をこすった。

「なんでいつも、片想いで終わっちゃうんだろう」

下まぶたに引いたアイラインがにじんでいる。

紗英の恋が実らないのは、男運の問題ではないような気がした。だが、いつになくしおらしい紗英が不憫《ふびん》に見えたので、私は何も言えなかった。

紗英は栄治を慕っていたぶん、栄治を殺した堂上に対して、少しでも好意を抱いていた自分自身が恨めしいのかもしれない。

私は思わず、ポケットティッシュを取り出して、紗英に渡そうとした。花粉症の私を慮って、雅俊が差し入れてくれたものだ。だが、私と紗英の間には、透明なアクリル板があった。当然のことなのに、一瞬、アクリル板の存在を私は忘れていた。

ポケットティッシュを握ったまま、片手をアクリル板に寄せ、

「まっ、運が悪かったんじゃない」

と、努めて明るい声を出した。

「縁結びの神社にでも行けばいいじゃん」

すると紗英は、急に挑戦的な視線をこちらに向けて、

「あんたとは行かないわよ」

と言い捨てた。本当に可愛げのない奴だ。

そういうところがいけないんだよと言ってやりたくなったが、喧嘩になるだけだからよしておいた。

「あんたは警察のお世話になっているんだから、自分の心配をしなさいよ」

紗英は立ち上がると、私に背を向け、歩き出した。

この世に一人くらいは、紗英のことを好きになる男もいるかもしれない。意地っ張りな紗英の、紗英なりの魅力を理解してくれる男にめぐり会う、わずかな可能性にかけるしかない。華奢《きゃしゃ》な背中を見送りながら、私は密かに紗英の幸せを祈った。

紗英が帰った後、私は紗英の持ってきた「ゲノムゼット株式会社　法務調査報告書」を入念に読み込んだ。

探していた記述は、四十八頁目、「紛争、指定暴力団との関わり」の項目にあった。

私は留置所で一人、ため息をついた。

全ての謎が解けたと思った。

2

驚くことに、津々井先生が言った通り、勾留されて十日後には、釈放された。

どんな魔法を使ったのだろうと思ったが、簡単な話、検察の偉い人を津々井先生が強請《ゆす》ったということらしい。

四月も後半に差し掛かっていた。十日以上も世間から隔離されていると、流石に時勢を追いづらく、浦島太郎《うらしまたろう》のような気分だった。

事情聴取を受けていた堂上は、栄治、村山を殺した罪で正式に逮捕された。マッスルマスターゼットによる副作用という報道から一転、真犯人が逮捕されたことで、森川製薬の株価は不思議と高騰した。栄治に対する同情的な報道が多くなされたことが影響しているらしい。

堂上が逮捕された数日後に、金治社長、平井副社長、定之元専務の連名で、

「犯人選考会上、堂上を『犯人』と認定しない」

という声明を出した。

いくら故人の遺志とはいえ、殺人者に利得を与えるのは相応しくないという判断らしい。

この判断が倫理的に正しいということで、世間の歓心を買い、森川製薬の株価はますます上がった。

解放されてから一週間ほど経った四月二十四日、土曜日のことだ。

私は昼前から粧し込んで横浜に向かっていた。富治が所有する大型クルーザーが横浜港から遊覧に出る。私もゲストとして乗船することになっていた。

富治は車の免許は持っていないのに、クルーザーは運転できるというのだから閉口してしまう。誕生日祝いだとか言って、金治がクルーザーの塗装を新しくしてやったらしい。そのお披露目会も兼ねて、親戚で集まるという。

もっとも、私の狙いは拓未にあった。

颯爽と船に乗り込むと、近寄ってきた富治や、着飾ったゲストの男女の間をすり抜けて、拓未を探した。

二階席のソファに雪乃と腰掛けている拓未を見つけると、私は迷うことなく近づいた。

「ちょっとツラ貸しなさいよ」

私が話しかけると、

「何の用です」

と、迷惑そうな声である。

雪乃は困惑した表情で、拓未と私の顔を見比べている。

私は構わず続けた。

「何度もアポを取ろうとしているのに、全然会ってくれないじゃない。失礼しちゃう。場所を変えるわよ」

私は顎で、外のデッキスペースを指さした。

「ここで話していいんだったら、そうしますけど」

拓未は観念したかのように肩を落とすと、黙って立ち上がり、私についてデッキへと出てきた。

クルーザーはゆっくりとしたスピードで横浜港を出た。春の日差しが暖かく、風も心地よい。周囲の水面が光を反射して、鏡の破片が散らばっているように綺麗だ。鼻がムズムズしてくしゃみが一つ出た。私は花粉症である。事前に薬を飲んできて良かったと思った。

「あと一週間で、栄治が死んで三ヶ月ね」

手すりに片腕を掛けて、私は言った。

「はあ……」拓未は私の出方をうかがっているようだ。

「つまり、あと一週間経てば、遺言のうち『死後、三ヶ月以内に犯人が特定できない場合』に該当し、遺産は国庫に帰属するはずよ」

「それがどうしたというのです？」

拓未は視線を海面に落としながら冷ややかに言ったが、私は構わず話を続けた。

「それから、金治さんは、遺言の有効性を争うのはやめにしたそうね。栄治さんに亮くんという実の息子がいたから」

「と、いいますと？」

この話題は拓未も想像していなかったようで、けげんそうな顔をした。

「DNA鑑定で父子関係が明確になれば、亮くんから死後認知の訴えを起こして、栄治さんとの間の法律上の親子関係を認定することができる。そうなると、亮くんが栄治さんの財産の唯一の相続人となるから、金治さんは法定相続人から外れるのよ。どうせ自分の手元に入らないなら、遺言の有効性を争っても仕方がないでしょう」

拓未は首をかしげ、

「栄治はすでに亡くなっているのに、ＤＮＡ鑑定ができるのですか？」

と訊いた。私はうなずく。

「兄である富治さんの検体を使えば、故人であっても、かなりの精度でＤＮＡ鑑定が可能よ。しかも今回の場合、過去に、栄治さんから富治さんに対して、骨髄移植が行われている。その際の治療記録に、栄治さんのＤＮＡ情報が残っているようだから、それに照らせば、正確な父子関係確定ができるはず」

「なるほど。栄治と亮くんの父子関係が認められて、亮くんが栄治の遺産の単独相続人になると。しかし、栄治の遺言がある。遺産は結局どうなるのです？」

拓未はさりげない口調でそう尋ねたが、その目に焦りがあることに私は気づいていた。

「栄治さんがどのような遺言を残そうとも、亮くんには遺産の半分を受け取れる権利があるわ。遺留分というものよ。そして、残りの半分は、栄治さんの遺言通り、国庫に帰属することになるでしょうね」

拓未は私のほうをちらりと見て、口を開いた。

「栄治には株式や不動産など、色々な資産がありました。半分は亮くんがもらって、半分は国庫に帰属するとなると、どうやって遺産を分けるのでしょう?」

「やはり、そこが気になるのね」

私はニヤリとした。

「手続きの中で、時価評価や資産の性質を考えて、適切に分けることになる。でも安心していいわよ。ゲノムゼット社の株式は国庫に帰属させるよう、亮くんの後見人には耳打ちしておいたから」

拓未は黙ったまま、腕を組んだ。

周囲の談笑の声が遠く聞こえた。私たちの周りだけ、静寂が流れているようだった。

私は深呼吸をした。

「栄治さんが珍妙な遺言を残した理由が分かったわ」

私が言うと、拓未の太い眉がぴくりと動いた。

「これは、ゲノムゼット社の株式を国庫に帰属させるための大掛かりな仕掛けね」

拓未は観念したように一度目をつむったが、すぐに開けて、私を試すように、

「ひとまず、最後まで聞きましょうか」

と言った。

私はうなずいて微笑した。

「森川製薬では昨今、平井副社長の勢力が増していて、森川家の血族は経営から締め出されそうなんですってね。拓未さんは、その流れに負けないよう、大きな成果を上げなくてはならなかった」

私の言葉に反応して、拓未が薄い唇をキュッと結んだ。

「それで目をつけたのが、最新のゲノム編集技術を持っているゲノムゼット株式会社。高い技術を持つ同社が、破格の条件で株式の買い手を探しているという情報をつかみ、拓未さんは手金でゲノムゼット社の株式を取得した」

拓未からは反応がないが、私は説明を続けた。

拓未はかなり良い条件で、前の持ち主から株式を譲り受けたが、美味しい話には裏があった。

　株式を取得した直後から、「ゲノムゼット社の株式を売ってくれ」と指定暴力団のフロント企業である清洲興業が、拓未の周りをうろつくようになる。高いゲノム編集技術があれば、証拠の残らない殺人薬も作れるし、人工的に筋肉を増強した最強傭兵《ようへい》も作れる。転用可能性の高い技術だ。清洲興業はこの技術をシノギに組み入れ、一山当てようとしていた。

　そして、ゲノムゼット社のほうでも清洲興業を邪険にできない傷があった。もう十年以上前のことではあるが、指定暴力団の協力を得て違法な人体実験をしたことがある――と、少なくとも清洲興業は脅しているらしい。

　この脅しに耐えきれなくなって、前の持ち主は安価でゲノムゼット社の株式を売った。そして買ったのが拓未というわけだ。本来であれば、事前にきちんと法務調査を行って、ゲノムゼット社が重大な欠陥を抱えていないか確認するべきであるが、功を焦った拓未はこれをないがしろにしたのだろう。

　ここまで話して私は「法務調査報告書」と題された冊子を取り出して、示した。

　法務調査報告書というのは、会社を買収する前に、その会社が法的なリスクを抱えていないか弁護士が調査し、取りまとめる報告書だ。

「この法務調査報告書、本当にずさんな調査ね。『紛争、指定暴力団との関わり』の部分に、清洲興業の従業員がゲノムゼット社を数度訪問し、何らかのクレームを入れていると記載があるわ。『ゲノムゼット社の従業員によると、クレームについては解決済みとのこと』と記載があるけど、この点について、もっと詳しく調べるべきだった」

「どうしてこれを？」拓未が法務調査報告書を指さした。

「ま、いろんなルートがあるのよ」

　妹の紗英から回してもらったものだが、私は言葉を濁した。

「どうしてこのことが分かった？」拓未が訊いてきた。

私は、「株式譲渡契約書」と題された契約書の写しを拓未に見せた。

「これも、あるルートから手に入れたのだけど、あなたが前の持ち主から株式を取得したときの条件が記載されているものよ。価格は安いし、条件もいい。内容としても一見すると変わったところはなくて、本当にフォーマット通りの内容ね」

拓未は自分が結んだはずの契約書の写しが私の手元から出てきて、いささか驚いている様子だったが、この際、私の話を全部聞こうと思ったのだろう、黙ってうなずいただけだった。

「でも、それが逆に変なのよ。株式譲渡の案件なんて、買収する会社の抱えているリスク次第で、千差万別のはずよ。だからこそ、会社を買う前に、その会社が重大な欠陥を抱えていないかどうかをしっかりチェックして、危ないなっていう点があったら、その部分に関する契約条項を手厚く定めておく必要がある。それなのに、この契約書はそういった濃淡のないプレーンな内容なの。それを見て、この案件は、きちんと事前の法務調査をしなかったのかしらと思ったのよね」

拓未は渋い顔をしている。

「それで、法務調査報告書を確認したら、ビンゴ。やはりずさんな調査だけをして、大急ぎで契約を締結したように見える。そこで私は、前の持ち主に接触して、今回の事情を訊いたというわけ」

「なるほど」拓未は腕を組んで言った。

「だが、仮にそうだとして、栄治の遺言とはどう関係があるんだ？」

私は待ってましたとばかりに微笑んだ。

「拓未さんもゲノムゼット社を持て余していたんでしょう。森川製薬を巻き込んで共同開発を始めたり、栄治さんも出資者に入れたりして、ゲノムゼット社との関係を強めていたというのに、その会社がやばいコブ付きだったんだから。あなたや栄治さんの周りに指定暴力団員がうろついているというのも、実は陰で噂になっていたのよ」

大企業の経営者は、何重にも守られた遥か上空にいるためこのような裏社会の事情にはむしろ疎い。だが、その大企業と取引をする中小企業の経営者たちは、注意深く目を光らせている。中規模な貿易会社を営む篠田の父も、拓未と栄治にまつわる後ろ暗い噂を耳にした一人であった。そのため、篠田の父は、森川家との付き合いをやめるように、息子に指示をしたのである。

雪乃への無言電話や、ナイフがポストに入っていたという嫌がらせも、指定暴力団員たちによるものだろう。

「あなたは何度も栄治と相談をした。あなたと栄治、村山弁護士の三人で相談事をしている姿は何度も目撃されているわ。最後に目撃されたのが一月二十七日。栄治が第一の遺言を書いた日ね」

これに対しても拓未は黙って頷いた。

私の話をやみくもに否定するつもりはなさそうだ。

「あなたたちの狙いは、最初から、ゲノムゼット社の株式を国庫に帰属させることだった。財務局の管轄に入ってしまえば、さすがの指定暴力団も手出しできないし、ゲノム編集技術が悪用されることもない。株式が国庫に移転するまでの三ヶ月の期間を使って、あなたは新薬マッスルマスターゼットの認可が滞りなく下りるよう、官庁との調整に奔走した」

私は、海面に視線を落とした。ヘリコプターからみた川面が思い出された。

「清洲興業側でもあなたたちの動きに感づいていたみたい。遺言執行を妨げるために、金庫の引き上げの邪魔をしてきたりしてね。おかげでこっちもヘリコプターを出したりして、銀治さんは五百万円くらいの追加出費だったんだから」

拓未は、フッと頰をゆるめた。

「銀治さんは稼いでるから、そのくらい、わけないだろうけど」

そう言って、拓未は頭を搔いた。

「全部、お見通しだったのですね。この話を一緒に考えた栄治や村山先生が亡くなってしまったので、僕一人で抱えていかなければならないものだと思っていました」

その表情は、悔しいというよりは、もう一人で背負わなくて良いという安堵に近いいじゃない」

ものがあった。

「でも、分からない点もあるの」

私は素直な疑問を口にした。

「どうして殺人犯に遺産を渡すとか、あと、元カノなどの過去に関わった大量の人々に遺贈をする必要があったの？　最初から、国庫に帰属させる、と書いてしまえばいいじゃない」

ここまで突き止めたからには、最後の最後まで謎を解き明かしたいと思った。

「それは栄治の発案です。僕を守るためにね」

拓未が遠くを見つめるような目をした。

「僕と栄治はライバルだとか色々言って比較する人はいますけど、少なくとも僕たちは互いのことを好きだったし、いい関係でした」

今回のことが露見し、拓未のキャリアに傷がつくことを栄治は心配したという。

そして、病床の自分の命が短いことを利用して、ゲノムゼット社にまつわる拓未の失敗を、森川家や会社の人間から隠蔽しようとした。

――どうせ僕はもうすぐ死ぬ。ここはいっそ僕がピエロになろう。お前は僕の分まで出世してくれ。

栄治はそう言ったらしい。

すべては病床の栄治の奇行のせいであり、それに巻き込まれた拓未は致し方なく、ゲノムゼット社の自身の持分も国庫に渡すことになった。

そのような筋書きを通すことで、拓未のキャリアに傷をつけないようにしたのだ。

「いきなり国庫に帰属させてしまうと、マッスルマスターゼットの発売に向けた官庁との調整がうまくいかない可能性がありました。そのため、三ヶ月の準備期間が必要だった。そしてその間、僕が裏でこそこそ動いていても、会社の人間や森川家の人間が気づかないように、別の面倒ごとをぶつけることにしました」

私は栄治の遺言の内容を思い出し、口を挟んだ。

「それで、森川製薬の幹部陣を巻き込んだ『犯人選考会』と、森川家の人間を巻き込んだ多数の関係者への遺贈会が設定されたのね」

拓未はうなずいた。

「特に、平井副社長の鋭い目が光っていましたから、それを他に向ける必要がありました。殺人や犯人という言葉を入れておけばマスコミが反応して追い立て、平井副社長たちも身動きが取れなくなるだろうというのが栄治のアイデアでした。また森川家のほうでも、例えば富治さんは、僕と栄治が対立していると考えているようだから、栄治が死んだあと、僕の動きを注視してくると踏んでいました。その視線を逸らすためにも、面倒な遺贈の手続きに放り込んでおいたのです」

「ここまで大掛かりなことをしてまで、キャリアを守りたいものでしょうか」

私は拓未に訊いた。

拓未は複雑な表情を浮かべて、目を伏せた。

「そうですよね。僕もそう思って、初めは栄治に反対しました。そこまで栄治に助けてもらうのも、僕は悪いと感じましたし。富治さんがよく言っているポトラッチというものでしょうね。栄治に沢山与えてもらっても、僕から栄治に返すことはできないから」

確かに、この計画は栄治が泥をかぶって周りを巻き込み、拓未だけが得をするものである。二人は関係が良好だったとはいえ、そこまでの恩を売られると、拓未の中にもわだかまりが生じかねない。

「しかし、栄治が心の底から、僕と森川製薬の成功を祈っているのだと知って、僕は栄治からの贈り物を受け取ることを決意しました。贈り物を正しく受け取るには、受け取る側の覚悟が必要なのでしょう。僕は、栄治から受け取ったものに潰されることなく、森川製薬を発展させていくつもりです」

拓未はよく日焼けした人の良さそうな顔を私に向けた。

「あと一週間で、栄治と僕の計画は成就します。マッスルマスターゼットの発売に向けた根回しも完了し、再来年には販売開始する予定です。しかし、あとは麗子さんの判断にお任せします。僕たちの企みを平井副社長に告げてもいい。その時は、僕は正直に全てを話し、森川製薬の経営の舞台から降ります」

覚悟はしているらしく、拓未は口を真一文字に結んで、私を見つめた。

私はここにやってくる前から決めていたことがあった。

拓未が抵抗したり、言い訳したりするようであれば、経営者としての資質がないものとみなし、つかんだ情報を平井副社長に売り飛ばしてしまおう。

だがもし、正面から認めるのであれば——。

「このことは一つ、貸しにしておくわ」

私はそう言ったが、拓未はまだ表情をゆるめない。

「でもね、私も弁護士よ。もし平井副社長や金治社長が私を雇って、このことを調べろと命じられたら、それは従うしかない」

私はニッコリ笑って言った。

「だから、どうでしょ？　今のうちに私に唾をつけておくというのは？」

拓未は驚いたように瞬きをしたが、すぐに口元をゆるめた。

「あなたを顧問弁護士にしろ、ってことか？」

「別に、私はどっちでもいいのよ。ただ、先に顧問契約を結んでおけば、平井副社長や金治社長から依頼があっても、私は利益相反《コンフリクト》でその依頼を断らざるをえないでしょうね」

拓未は一気に破顔して、「ハハハ」と声を出して笑った。

「さすが、栄治が惚れた子だな。よし、乗ったよ。僕と顧問契約を結ぼう」

拓未が大きい手を差し出した。

「さっさと出世して、ゆくゆくは私を森川製薬の顧問弁護士にしてちょうだい」

私も手を出して、拓未と握手を交わした。春の光が、私たちの手の上に落ちて、きらりと輝いた。栄治の手のひらも重ねられているように思われた。

3

栄治の遺産の半分は、拓未と栄治の目論見どおり国庫に帰属した。残りの半分は、亮のものとなった。だから、当然ながら、私の手元には一円も入ることはなかった。

栄治から引き継いだ屋敷の持ち分は、格安で朝陽に譲ってしまった。

朝陽は勤務先の病院にも通勤しやすくなったし、病床の母は草いじりに精を出していると、顔を綻ばせて報告してくれた。

紗英は相変わらず、雪乃に喧嘩をふっかけてはかわされるということを続けている。

しかし雪乃からこっそり聞いたところによると、紗英は最近、婚活を始めたらしい。

亮は、拓未と雪乃に養子として引き取られた。栄治の愛犬だったバッカスも一緒だ。時たま朝陽が訪れて、亮と遊んでいるという。

幼い亮は、自分の置かれた状況をまだ理解していないようだ。しかし、これから長い時間をかけて伝えていくと拓未は言っていた。

私はというと結局、もといた山田川村・津々井法律事務所に戻ってきていた。なんだかんだ言っても、津々井先生のもとで学ぶことは多いと思ったからだ。

私のさらなる成長を期待してボーナスを減らしたのだと津々井先生は漏らしていたが、そんな理由でボーナスを割引かれるのはもう御免だった。この点については戻るにあたって事務所に猛抗議をした。他の弁護士たちには呆れられたが、いくら白い眼で見られようともお金にはかえられない。

村山の「暮らしの法律事務所」は潰してしまったが、村山が弁護士として担当中であった事件は、私が全て引き継いだ。

どれもこれも、地元の善良な人々の細々とした訴えに付き合わされるばかりで全く金にならない。本来であれば私はもっと悪どい金もうけを企むようなクライアントとともに走りたかった。だが、篠田に言われた言葉が胸に刺さっていたので、逆にむきになって、金にならない案件に奔走していた。

そんなこんなで私は以前よりも一層、忙しく働いていたが、五月の連休明けに至って、新車を買ったから覗きに来いと銀治から連絡があった。

私のほうには銀治のお遊びに付き合う暇はないし、しつこく電話をしてくる銀治のことは無視をしていたら、しびれを切らした銀治は例の如く、うちのマンションのインターホンを何度も鳴らしてきて、私の静かな日曜の朝をぶち壊した。

イライラしながら階下に降りると、破れたジーンズとシャツという若造りな格好をした銀治が「こっち、こっち」と手招きをしてマンションの外へ出た。

私もそれに続くと、マンションの前には、バナナみたいなハッキリとした黄色のロールスロイスがとまっていた。六千万円はするものに見えた。

「ベントレーを麗子ちゃんがダメにしちゃったからさあ」

歩きながら、銀治がけろりとした口調で言った。

私は言い返そうとしたが、車に近づくと、その助手席に六十歳くらいの女性が乗っていることに気がついて、口をつぐんだ。

女性のほうも私に気がつくと、彼女は車から降りて一礼した。

薄いグレーのワンピースを着た、ごく控えめな印象の婦人である。

しかし彼女の目にはキラキラとした少女のような輝きがあって、楚々とした活発さを兼ね備えているような人だった。

下品なバナナ色の車と婦人は全くマッチしていない。

「平井副社長に打ち明けたんだ。そしたら、美代さんはまだ独身だということを知った」

私の隣で銀治が言った。

銀治は車に近寄ると、助手席のドアを開け、婦人をもう一度助手席に座らせた。

そして私のほうを向き直ると、銀治は言った。

「俺はこれから、美代さんとドライブデートだから」

文字通りの意味で、銀治は鼻の下を伸ばしている。

「独身を貫いてきた甲斐があったってもんよ」

銀治はそう言うと、なぜか私に向かって親指を立てるキザなポーズをとり、私をイラっとさせた。

銀治は私のイラつきに気付くはずもなく、美代を乗せたバナナ色のロールスロイスで去っていった。

「まったく。見せびらかしに来ただけじゃない」

遠くなる車を見送り、数分間ぼんやりとそこに立っていたが、まだ少し肌寒い風に吹かれて、一つくしゃみをした。

マンションに引きあげながら、ふと、郵便受けに目が留まった。

信夫からもらっていた手紙に、返事を書こうと思った。

本書は、二〇二一年一月に小社より単行本として刊行した『元彼の遺言状』を文庫化したものです。

この物語はフィクションです。作中に同一の名称があった場合でも、実在する人物、団体等とは一切関係ありません。

作中に登場する法律論は、一部、誇張や省略を含みます。

実際の事件処理にあたっては、本書を参考にせず、適切に弁護士に相談して下さい。

〈解説〉
優れたエンターテインメント性で読者を楽しませつつ、現代の女性像の変わりゆく姿を浮き上がらせる

瀧井朝世（ライター）

犯人捜しのミステリーは数あれど、「犯人を仕立て上げる」ミステリーはこれまであっただろうか。と同時に、遺言を扱ったミステリーは数あれど、その文面が「僕の全財産は、僕を殺した犯人に譲る」とは、奇抜さでいえばダントツではないだろうか。

本書は二〇二〇年に第十九回『このミステリーがすごい！』大賞を受賞、翌年一月に単行本が刊行されて大ブレイクした新川帆立の『元彼の遺言状』の文庫化である。斬新な設定、強烈な主人公、細やかな法律知識、さらには著者自身が現役弁護士であること（当時。現在は休業中）など、話題を集めた理由はいくつもある。

主人公は丸《まる》の内《うち》の大手法律事務所で働く剣持麗子《けんもちれいこ》、二十八歳。恋人・信夫《のぶお》が用意した婚約指輪を安物だとして突き返すほど金に並々ならぬ執着を見せる彼女だが、弁護士としての腕は確か。本人もそう自負していたが、ボーナスが減額されると知って頭にきて、勢いで事務所を飛び出してしまう。そんな折、大学時代に三か月だけ付き合った相手、森川栄治《もりかわえいじ》が「僕

の全財産は、僕を殺した犯人に譲る」という奇妙な遺言を遺して亡くなったばかりだと知るのだ。栄治の旧友、篠田《しのだ》から依頼を受けた彼女は彼を犯人に仕立てるべく、森川家が開いた「犯人選考会」に乗り込む。もちろん、篠田が手を下していないことは分かっている。これは駆け引きなのだ。その目的は、もちろん巨額の成功報酬。

栄治の遺言状の内容はそれだけではない。生前世話になった多岐にわたる分野の人々にも遺産を分け与えるよう指示しており、そのリストには元カノたちも。三か月しか付き合っていなかった麗子もリストに名前が記載されており、彼女は栄治が住んでいた軽井沢《かるいざわ》の屋敷へ。森川家の人間や栄治の顧問弁護士の村山《むらやま》、他の元カノたちが集まるが、村山の事務所から遺言状を保管していた金庫が盗まれ、さらには……。

物語は「犯人を仕立てあげる」から次第にミステリーの王道、「犯人は誰か」の謎に移行していくわけだが、巻頭から読者の心をつかむハッタリのかまし方は見事。麗子が篠田を犯人と認めさせるべく練った計画も説得力がある。しかも読み進めれば、この作品が看板倒れでないことがよく分かるのだ。話の運び方、続々登場する登場人物たちの個性や役割の描き分け方、彼・彼女らと麗子の絡ませ方も上手い。また、栄治がなぜあのような内容の遺言状を書いたのかをはじめ、途中で起きる殺人事件などの謎に関しても納得できる真相が待っている。そして読者は作中、随所に重要ポイントが提示されていることに気づく。事件の全貌を正確に見抜くには法律などの知識も必要だろうが、それでも読者がある程度推理できるよう、最初から伏線やヒントがちゃんと盛り込まれているのである。終盤の解決篇パートに入ってから新事実を次々出してくる〝後出しじゃんけん〟では興ざめだが、その点、本書はとてもフェア。そうした細心の配慮があるからこそ、ミステリーとしても質の高さを保っているのである。法律の知識が随所に盛り込まれるが、分かりやすい言葉が選ばれているのもありがたく、多少の法律の拡大解釈はあるだろうが、「現実にありそうもないけれど、絶対ないとも言えなさそう」というギリギリのラインをキープしていて、リアリティを感じさせることに成功している。

なにより、麗子が魅力的、かつ新鮮だ。金に目がない敏腕女性弁護士というだけならここまで惹《ひ》かれない。一見よくありそうなキャラクターでいて、実は痛快なくらい、従来のフィクション内の女性のイメージを打ち崩している。古いミステリーでは女性はだいたい、主人公の男性に守られる存在か悪女であることが多く、例外はあったとしてもステレオタイプに描かれることが多かった。でも本書は違うのだ。

金の亡者といっても、麗子の場合それが桁外れでコミカルなくらい。篠田の依頼も、最初は報酬が〝たったの〟十億と聞いて断ってしまう。それくらいの金額なら、自分で稼げるから危ない橋を渡りたくない、というわけだ。だが報酬が百五十億になる可能性があると知って俄然《がぜん》やる気を出す。どんな手を使ってでも一銭でも多くほしいという守銭奴ではないのだ。どうせやるなら、大きな仕事をしたいのである。

ちょっと前までは、フィクションの中でお金に執着する女性といえば、玉《たま》の輿《こし》狙いの側面があるのが王道パターンだっただろう。しかし麗子の場合、現在の恋人の信夫は彼女より収入が低そうだし、学生時代に栄治と交際していた時も、彼の実家が裕福だとは察していたが、そこにはさして興味がなかったようで、彼が死んではじめて森川製薬の御曹司《おんぞうし》だったと知ったくらいだ。つまり、交際相手や結婚相手に経済的価値を求めていないのである。彼女は、金は自分で稼ぐものだと思っている。それに見合うだけの働きを見せているから頼もしい。

残業も厭《いと》わずバリバリ働く女性といえば、「恋や結婚より仕事を取った」と言われることがある。麗子はそんな両天秤《てんびん》にかけていない。もし信夫が贈った婚約指輪がもっと高価なものだったらそのまま結婚していただろう。フィクションにおいて女性が「家庭か仕事か」の二択で悩む姿はよく描かれるし、そうした悩みを持つ人は実際多いが、フィクション内で「女性とくればそういう悩みを持つもの」と決めつけられている印象もあった。が、麗子は仕事もがむしゃらだし、恋愛やファッションも楽しんでいる。何かを犠牲にしようなど露ほどに思わず、自分がやりたいことを無理なくやっている姿は実に現代的である。

軽井沢で元カノたちが集合して以降の、彼女たちの関わりにも注目したい。麗子も〈元カノ同士が顔を合わせれば喧嘩《けんか》をするだろうというのは男の妄想に過ぎないと思う〉〈お互い大人なのだから、何も起きるはずがない〉と心の中でぼやくが、これもまた、ひと昔前なら描かれがちな、「女同士は敵対するもの」という構図を打ち壊している。麗子は男女かかわらず時に相手を心の中で辛辣《しんらつ》に評するが、先入観で相手を決めつけることはせず、フラットに接し、好感をおぼえた場合は素直にそれを認めていく。兄の婚約者の優佳《ゆうか》に対する態度の変化はまさにそうだろう。最初は自分に攻撃的だった紗英《さえ》に対しても、やや見下している感はあるものの、ちゃんと対峙《たいじ》していく。そして、元カノたちは、事件解決に向けて少しずつ協力しあっていく。決して友情や共感が芽生えたわけではない。特別親しくなったり分かり合ったりしなくても連帯して物事を進めていけるのだという、昨今重要視されているシスターフッドの精神が本作には描かれているのだ。

現代的だと思うまた別の要素が、麗子の金に対する考え方の変化だ。どんな依頼であれ、ひとたび引き受けたら成功に向かって尽力する姿勢は弁護士として正しいだろうが、動機はあくまでも高額報酬になっている。金を稼ぐことが手段でなく目的になるという、現代資本主義にありがちな罠《わな》に陥っているといえるが、彼女はそのことを自覚している。富治《とみはる》が何度も口にするポトラッチの理論や、クライアントの篠田の態度の豹変《ひょうへん》、さらにある人物の「君自身も、本当に欲しいものは金じゃないはずだ」といった言葉で、心の中にあった疑念を直視するようになるのだ。〈自分が本当に欲しいものが何なのか分からないから、いたずらにお金を集めてしまうということは、流石の私も分かっている。ただ自分では、自分に何が必要なのか分からないのだ〉と、珍しく弱気になり、そこから自分にとって仕事とは何か考える。その後、報酬に関係なく行動を起こしていくのだから、大きな変化である。そんな彼女の成長が事件を解決に導いていくという過程も、本書の読みどころのひとつである。

著者の新川帆立は一九九一年、アメリカ・テキサス州ダラスで生まれ、宮崎県で育った。十六歳で夏目漱石《なつめそうせき》の『吾輩は猫である』を読み、そのユーモアに刺激されて自分も小説を書きたいと思ったらしい。だが、すぐに取り掛かったわけではない。文才に自信がなく、かつ、今のご時世で作家一本で食べていけるとも思えず、まずは経済的な基盤を作るために国家資格のある専門職を目指すことに。医師を志望し東京大学の医学部を受験して不合格となるが、後期試験で医学以外の学部になら進学できることとなり、法学部に入学、弁護士を目指すことになった。

これと決めたらとことん突き詰めるタイプのようで、司法修習中には最高位戦日本プロ麻雀協会プロテストに合格している。麻雀を始めたきっかけは、高校時代に囲碁部に入った流れで麻雀も教わったところ、そちらのほうが向いていると気づいたから。大学時代はかなり麻雀に打ち込んだようだ。小説家志望なのに麻雀のプロテストを受けた理由は、若い女性が麻雀をしていると周囲の男性から舐《な》められたり、失礼な態度をとられることが多かったため、本気度を示したかったからだという。そしてテストは首席で合格したというから、痛快なエピソードだ。

二〇一七年に弁護士登録。大手法律事務所に勤務するが、残業時間が多くて小説も書く暇もなかった。ほどなく転職して、企業所属の弁護士となってから小説を書き始める。デビューの三年ほど前から山村正夫《やまむらまさお》記念小説講座、通称「山村教室」に通いはじめたという。最初の一年間は多忙のため幽霊部員で、二年目から時間を捻出《ねんしゅつ》して執筆を開始。ファンタジー寄りの小説を書きあげてからどの新人賞に応募するか考え、個性的な作品を輩出している『このミステリーがすごい！』大賞に応募してみたら一次で落選。そこで発奮して本気でミステリーに取り組んだ本作で、見事大賞を受賞した。

現在、小説執筆に集中するために弁護士業は休業中だという。小説家よりも弁護士のほうが安定&高収入なのになぜ、と思う人もいるだろう。だが、ずっと小説家になりたいと思いそれをようやく実現させた新川帆立が目指しているのは、そんな〝安定〟ではないはずだ。もちろん、金が目的なわけでもない。やっとプロデビューを果たした彼女は、世俗的な評価や収入など気にせずに、自分の目指すところへと突き進んでいる。

応募時には続篇など考えていなかったというが、すでにシリーズ第二作となる『倒産続きの彼女』も書き上げている。もちろん剣持麗子も登場するが、主人公は事務所の後輩弁護士、美馬玉子《みまたまこ》だ。彼女が麗子とチームを組んで、不審な倒産案件に関わっていく。女は可愛《かわい》いほうがいい、料理上手なほうがいいといった男性優位社会の価値観を内在化し、大雑把で横柄な麗子を苦手にしている玉子が、彼女とどんなコンビネーションを見せるのか。優れたエンターテインメント性で読者を楽しませつつ、現代の女性像の変わりゆく姿を浮き上がらせ、さまざまな気づきや共感を抱かせてくれる。なにより、大いに励ましてくれる。こうした新しい女性エンタメ作家の登場が、心の底から嬉《うれ》しい。このままどんどん突き進み、大きく羽ばたいていってほしい――と、周囲が願わなくとも、彼女ならやってくれるはずだ。


（二〇二一年八月）

宝島社
文庫

元彼の遺言状
（もとかれのゆいごんじょう）

2021年10月20日　第1刷発行
2022年 3 月31日　第8刷発行

著　者　新川帆立
発行人　蓮見清一
発行所　株式会社 宝島社
〒102-8388　東京都千代田区一番町25番地
電話：営業 03(3234)4621／編集 03(3239)0599
https://tkj.jp
印刷・製本　中央精版印刷株式会社

First published 2021 by Takarajimasha, Inc.
ISBN 978-4-299-02122-9